21世纪华语诗丛·第三辑

韩庆成/主编

# 蔓草集

香奴 著

知识产权出版社

全国百佳图书出版单位

——北京——

**图书在版编目（CIP）数据**

蔓草集/香奴著. —北京：知识产权出版社，2020.9

（21世纪华语诗丛/韩庆成主编. 第三辑）

ISBN 978－7－5130－7090－4

Ⅰ.①蔓… Ⅱ.①香… Ⅲ.①诗集—中国—当代 Ⅳ.①I227

中国版本图书馆CIP数据核字（2020）第141387号

责任编辑：兰 涛  责任校对：谷 洋

封面设计：博华创意·张冀  责任印制：刘译文

## 蔓草集

香 奴 著

| | |
|---|---|
| 出版发行：知识产权出版社有限责任公司 | 网 址：http：//www.ipph.cn |
| 社 址：北京市海淀区气象路50号院 | 邮 编：100081 |
| 责编电话：010－82000860转8325 | 责编邮箱：zhzhuang22@163.com |
| 发行电话：010－82000860转8101/8102 | 发行传真：010－82000893/82005070/82000270 |
| 印 刷：三河市国英印务有限公司 | 经 销：各大网上书店、新华书店及相关专业书店 |
| 开 本：880mm×1230mm 1/32 | 印 张：8.375 |
| 版 次：2020年9月第1版 | 印 次：2020年9月第1次印刷 |
| 字 数：90千字 | 全套定价：218.00元（共十册） |

ISBN 978－7－5130－7090－4

# 新世纪诗歌的一份果实

赵金钟

基于今天的语境，我们似乎可以下如此断语：网络引领了21世纪的诗歌。毫不夸张地说，当下最强劲的诗歌"潮流"是网络诗歌。它凭着新媒体的优势，以一种新的审美追求，猛烈袭击着纸媒诗歌，对传统诗学提出了挑战。所以，我们讨论新世纪诗歌，无论如何也绕不开网络诗歌。网络诗歌给新诗创作带来了新的元素。与此同时，由于其临屏书写的自由，又给网络诗歌自身，进而给整个诗歌创作带来了新的问题。这也是我们讨论新世纪诗歌必须参照的"坐标"。

一

进入21世纪以来，利用互联网进行创作或发表诗歌作品的现象十分活跃。学术界或网络界一般称这类诗歌为"网络诗歌",也有人称之为"新媒体诗歌"(吴思敬)。它的出现给诗歌的创作与传播带来了深刻的影响,"在改变了诗歌传播方式的同时,也改变着诗人书写与思维的方式,并直接与间接地改变着当代诗歌的形态。"[1]它给诗坛带来的冲击力不啻为一次强力地震,令人目眩,甚至不知所措。赞成也好,不赞成也好,网络诗歌就不由分说地站在了我们面前,并改变着传统媒体诗歌业已形成的写作传统,直至形成了新的审美体系。韩庆成在《中国网络诗歌20年大系》的序言中认为,网络诗歌在诗歌载体、诗歌话语权、诗歌界限和标准、诗人主体、先锋诗人群体五个方面,对传统诗歌进行了"颠覆"。[2]

网络诗歌首先带来了诗歌写作的极端自由性。这是传统诗歌无法企及的。网络是一个极其自由的场域。它的匿名性和虚拟性创造了一个"去中心"或"多中心"的民主意识形态空间,以让写作者自由地临屏徜徉。网络作为巨大而自由的言说空间,为诗人存放或呈现真实的心灵提供了广阔无边的平台。这一写作环境给予写作者空前的"自主权",使得写作真正实现了"自由化"。自由是网络诗歌的灵魂,也是新诗写作的灵魂。然而,由于各种诗人难以自控的外力的影响,纸媒时代,诗歌的这一"灵魂式"的特性却常常难以完全呈现。这种状况在自媒体出现的时代得到了极大的改观,网络诗歌引领诗歌写作朝着深度自由发展。

当然,过度的"自由"也带来了一些麻烦:有的诗人任马游缰、信手写来,使得他们的诗作常常在艺术上与责任上双重失范。这不是自由的错。但它提醒诗人:艺术的真正自由不是"无边界",而是在有限中创造无限,在束缚中争得自由。自由应是创作环境与创作心态，而不是创作本身。无节制的"自由"还带来了另一种现象："戏拟、恶作剧心理大量存在，诗的反文化、世俗化、极端个人主义倾向非常明显。"[3]这在一定程度上损害了诗的健康发展，需要我们高度警惕。

我欣喜地看到，"21世纪华语诗丛"这套专为网络会员和作者服务的"连续出版的大型诗歌丛书"，正是在这样的背景下应运而生。丛书第三辑的十位诗人，在网络诗歌时代恪守着诗歌的艺术"边界"，他们各具特色的诗歌作品，从某种意义上，代表了当今网络时代诗歌的"正向"水准和实力。

## 二

生活化，是新世纪诗歌写作的另一重要审美追求。这里的生活化，既是指诗歌写作贴近现实生活，表现生活的质感和生命，又是指写作是诗人们的生活内容，是他们为自己生产消费品的一部分，更是他们实现自我价值的重要途径。

在《1844年经济学—哲学手稿》一书中，马克思首次把人类的本质规定为自由、自觉的生产活动，并明确指出："宗教、家庭、国家、法、道德、科学、艺术，等等，都不过是生产的一种特殊方式，并且受生产的普遍规律的支配。"[4]在此处，马克思在将艺术活动看作一种生产的同时，又将它与政治、法律、宗教、道德等活动一同作为整个社会生产的一种特殊的精神生产形式加以论述。根据马克思对社会历史客观过程的分析，人类生活可分为物质生活与精神生活两大领域。为了满足自身这两种生活的需要，人类必然要从事物质的和精神的生产。同样的道理，诗歌写作其实也是写手们在为自己、扩展而为人类生产精神产品，并在这一生产过程中完成自我价值的实现。

从这套诗集中，我们能够感觉到写作对于诗人的重要性。它对于诗人，是为了释放，为了交流，也是为了提升，为了自我实现。因此，写作成了他们生活的重要内容，是他们向世界发声或讨要生活的工具。

从此，不从地下取水 / 我的井在天上 / 不再吃尘埃里的一粒粮食 / 我的粮仓在云上

——黄土层，《纺云》

像这样的诗歌，以极简约的文字呈现着来自生活的深刻感悟，就是难得的好诗。新世纪诗歌存在着一种重要现象，即大量被往常诗歌所忽视或鄙视的形而下情状堂而皇之地进入诗的殿堂，并被诗人艺术性地再造或再现，是生活化或日常化的一个重要递进。

## 三

新世纪诗歌的后现代性已为学界所关注。实际上，后现代性早在 20 世纪"新生代"即"第三代"诗歌那里就明显存在了，且引起了不小的争议。而在新世纪，它似乎表现得更明显和更深入。"后现代主义"的介入，给中国诗歌带来了相当大的冲击，甚至可以说，它深度改变了中国当代诗歌发展的格局。

后现代性感兴趣的是解构。西方后现代主义哲学，即乐意

从不同层面解构传统的逻各斯中心主义，消解以逻各斯为中心的关乎"规律与本质"的意义结构。它的突出特征是解构宏大叙事，消解历史感，具有"不确定的内向性"。而受其影响的新世纪诗歌中的后现代性，则又具有"平面化""零散化""非逻辑性""拼贴与杂糅""反讽与戏拟""语言游戏"等特点[5]。如果细数这些特点的优点的话，则可能"反讽与戏拟"更有较为永恒的诗学价值与审美意义。也正是在这一点上，新世纪诗歌为中国诗歌提供了可贵的新元素。

如今我活着 比任何一个死人都坚强 / 像一株无花果 敢于没有和不要 / 我的自在 不再是花开不败 / 而是不开花
            ——高伟，《第1朵花：无果花》

这首诗有着明显的"后现代主义"色彩：反讽、反仿、反常理等。诗人以一种略带调侃的口吻消解主题的严肃性和目的。这是"后现代主义"反叛"古典主义"和"现代主义"，消解中心、解构意义价值观的体现。不过，剥去这些表象，单从取材角度和情感取向来看，这首诗歌还是较为清晰地表现了诗人对于生命价值乃至人类某种崇高性的思考。

第三辑中的每部诗集，都有可资圈点之处。马安学的《谒宋玉墓祠》：隔着两千多年的距离/踏着深秋的落叶，我去看你；老家梦泉的《北方的雨》：在北方/雨水/是你梦中的情人//深闺的围墙/总是/高高的；赵剑颖的《槐花开》：五月，白色花穗从崖畔/垂挂亿万串甜香，春天已经走了；香奴的《幸福的分步式》：把红酒倒在杯中三分之一处/我总是停不下来//要么斟满，要么一饮而尽/我不喜欢幸福的分步式；于元林的《我们相逢在一朵古老的泪花上》：这个春夜 天空缓缓降下/银河如大街一般 亮着灯光/我们相逢在一朵古老的泪花上/我们要到初醒的蛙鸣里去说话；南道元的《谷雨》：谷雨断霜，掩瓜点豆/持续的降雨不会轻易停止/在南方/春天步入迟暮；钟灵的《晒薯片》：田畴众多。越冬的麦苗上/细长而椭圆的红薯片/宛然青黄不接时，乡亲们饥饿的舌头；袁同飞的《童谣记》：时光那么深，也那么久/遥远的歌声里，仿佛能长出翅膀/长出枯荣。像这样出彩的诗句，诗集中俯拾皆是。这些作品，都凝聚着诗人独具个性的诗性体验。是啊，诗是一种高度个性化的"物种"，只有那些异于常人的观察、发现、体验，才能发出个体的味道。跟"文"（散文、小说等）相比，诗更看重内情的展示，看重结构上的化博为精、化散为聚，看重将"距离"截断之后的突然顿悟。因为"人们要求的是在极短的时间里突然领悟那更高、更富哲学意味、更普遍的某个真理。这可以是诗人感情的果实，也可以是理性的果实。诗没有果实，只有'精美'的外壳（词句、描绘）是一个艺术上的失败。"[6]

"21世纪华语诗丛"第三辑，正是新世纪繁茂的诗歌大树上结出的"感情的果实"。

*（作者系岭南师范学院文学与传媒学院院长、教授，广东省中国当代文学学会副会长。）*

**参考文献：**

[1] 吴思敬. 新媒体与当代诗歌创作 [J]. 河南社会科学，2004（1）：
    61-64.

［2］韩庆成. 颠覆——中国网络诗歌 20 年论略［G］//韩庆成，李世俊. 中国网络诗歌 20 年大系. 悉尼：先驱出版社，2019.

［3］王本朝. 网络诗歌的文学史意义［J］. 江汉论坛，2004（5）：106 - 108.

［4］马克思. 1844 年经济学—哲学手稿［M］. 北京：人民出版社，1979.

［5］张德明. 新世纪诗歌中的后现代主义文本浅谈［J］. 南方文坛，2012（6）：84 - 89.

［6］郑敏. 诗歌与哲学是近邻：结构 - 解构诗论［M］. 北京：北京大学出版社，1999.

# 细裁草色入诗章
## ——香奴诗集《蔓草集》序

### 叶延滨

　　我最近认识了诗人香奴。鹤壁市举办诗歌大赛，因为这座城市与《诗经》有缘，《诗经》中有 37 首诗是写在鹤壁所在的淇河流域。2019 年的第五届"诗河·鹤壁"全国诗歌大奖赛一等奖获得者就是香奴。获奖的诗作力压群芳，实为不易，作者对我而言又是比较陌生的名字，让人有意料之外的惊叹。主办者热心推荐，让我得以了解到香奴是一位已经颇有成就的 70 后诗人，生于内蒙古，是天津作协会员，也是一名画家，近年发表许多作品，曾出版作品集《佛香》《不如怀念》《伶仃岛上》。曾参加第二届（青岛）全国散文诗笔会和第十五届（甘南）全国散文诗笔会。曾荣获"人人文学"网 2014 年度最佳散文奖、首届"吉祥甘南"全国散文诗大奖赛金奖等。读了她的诗稿，应允为其写一篇序。十分高兴通过阅读，了解一个在散文、散文诗和诗歌创作上都展露才华的诗人近期的新作，阅读这些作品是一次愉快而充满惊喜的过程。细读之余，也从她的创作中，得到许多启发，引出一些联想，遂将这些心得记录下来，与读者朋友分享。

　　进入 21 世纪后，由于自媒体出现，手机成为许多人阅读和写作诗歌的主要工具，从而给诗坛带来了深刻的变化。一是进入诗坛没有门槛了，有才华、有准备的诗人与无诗才也无准备的写诗者一起涌入诗坛；二是需要静心细品的诗歌变成了及时消费的"快餐"，广场大妈挤走了芭蕾舞者，薛蟠草莽的粗俗快语成了网红文学；三是忙于当"先锋"的写手与急于成大师的论者，不断地突破诗歌的艺术边界和艺术底线，使诗歌在某些写作者手上成了敲回车的荤素段子。这或许也是我们曾听说的百花齐放与百家争鸣的真正面貌，狂欢的诗坛在享受自由的同时，也给读者带来困惑和迷惘。好在诗歌有伟大的传统，在人类精神的长河中，在每个诗歌的潮涌岁月——在唐诗鼎盛、宋词繁华、元曲张扬中，也曾泥沙俱下，也曾花雅争宠，只是岁月淘洗后，才显出真金与宝玉，留存给后人。这是无数优秀诗人灵魂的传承，也是无数杰出诗人才华的结晶。用大家都能感知的语言来说，于作品，讲诗歌精神分高下；于写者，讲诗人气质分品位。读香奴的诗稿，让我有兴趣为之写序，主要原因就是我从她的诗篇中，感受到了难得的诗歌精神和可贵的诗人气质。

毋庸置疑，好的诗人是有特殊才华的人，对这个世界独特的观察力和不同的感知方式，是一个好诗人的基本素质。"黑夜给了我黑色的眼睛，我却用它寻找光明。"对事物独到的观察和发现，是好诗的基石。香奴的十行短诗《叛逆》就是这样一首难得的佳作："那时候，夏天纯粹/青葫芦的荷尔蒙通过藤蔓/疯狂地攀爬//掌管春天的小神离开人间/野蔷薇叛逆，满墙轻薄的誓言//劳碌的父母在工厂里，需要/跑着去厕所，跑着回车间/用十分钟，吃完午饭/而我们，对此/装作视而不见"，这首诗的前五行，用一幅春色横溢的画面象征青春期的不安与兴奋，重要的是后五行，从象征转为写实，剪取现实中的一个截面，在工厂的父母争分夺秒的场景。这一个细节，司空见惯，然而诗人剪取了它，用写实的笔触与浪漫的青春象征对比，让这十行诗记录了人生叛逆青春的忏悔，同时也用诗笔为一个时代刻下了印痕。能够写出前五行的诗人俯拾皆是，能够从生活中剪取这十分钟的诗人就很难得。能将前后剪辑成一首作品，这是才华和诗歌修养的产物。有发现诗意的眼睛是诗人的特殊才干，也可以说是一种修养。如《不断开花的桂树》是一首六行的小诗："珠海的桂树没有金秋/一年四季不断地开花，整日整夜/吐露芬芳//她不知道，爱得太多也是错/她不知道，重复地爱/是错上加错"前三行是诗人在生活中的发现，南国珠海的桂花四季开放，后三行是心语，借此说出诗人的心声。这是比兴的手法，较为传统，但切口是从生活中发现和观察到的南国桂花四季常在的细节，从而借此说出心声。发现诗意需要修养和训练，但天赋的想象力非常重要，《乌鸦》这首诗应该说恰当地说明了诗人的这一天赋："在这黑得彻底的北方之夜/看不见自己的杨树林里，也看不见你/你的叫声，突然变得好听。被我这样迷路的人抓住//当作方向/当作光明"这首诗对生活的发现，来自诗人的生命体验，而独特的感悟生命和事物的方式，让诗歌不同凡响。在彻底的黑暗中，一般人听见鸦叫，只会产生恐惧和渲染恐惧气氛。但诗人以迷路于黑暗中路人的身份，感知这一切，一声鸦鸣，黑暗到极致而生光、而生出希望和方向。正是这种才能，才在笔下写出不同他人的感受，创造出新的意象和独特意境，先锋性和现代性，在这里也是诗人的天性！

　　读香奴的诗歌，常常为诗中的真情所打动，尽管她大多数的诗歌写得含蓄而内敛。诗歌是与情感相关的一门艺术，这个基本的原理，近年来，由于一些诗人忙于"破旧立新"而被许多人遗忘了。中国文字非常厉害，万事万物由两个字表达：事情。前一字，事，客观存在的一切。后一字，情，人的精神和内心世界。凡与感情发生关系的，无论文字还是绘画，皆叫诗意呈现。诗缘情，情生而得好诗，动情而传好诗，情感是诗歌产生的源泉，也是诗歌得以传递的内在动力。这些年有一个现象，许多男性写作者忙于搬弄文字和喷洒口水以期创造自己的"诗歌魔方"，而女性诗人无论持何种立场皆坚信感情在诗歌中的力量。这种力量在香奴的诗歌中打动了我们，如这首《清明记》："一个弟弟死于溺水/三十个弟弟死于山火//人生，苦啊/要么水深，要么火热//最苦的是母亲/一会儿嘱咐我带上一大桶/农夫山泉，她说清明无雨啊/一会儿又嘱咐我千万把水桶盖拧开啊/她说人死后没有力气//清明，姐姐我一个人徒步去墓地呀/背着烧纸，苹果，香瓜，杜果，红毛丹/咖啡，糖果，卤猪手，小蛋糕/菊花，百合，粉扶郎，还有江小白//姐姐是疼哭的/而母亲，将一点一点疼白了头发/疼碎了骨头//众多的姐姐把墓地装扮成花海/把墓碑淹没/把悲伤淹没/坐起来吧，弟弟们/喝了这杯酒，变成小草的样子吧/也只有它们，才能/春风吹又生"这首诗呈现的清明画面，感动了我，因为我会从诗人的悲痛中，体会自己的悲欢。因情而生的诗歌，引发和呈现的是诗人的内心世界，让不可见的灵魂现身，从而这个世界上有了高雅与粗俗，肤浅与深刻，悲悯与孟浪。现在读一些诗，我很疑惑，我想作者自己读一下这些诗都绝不会动心，他写出来又有何用呢？当然，这里有一个常识，有些人以为自己感动了于是提笔，其实触景生情，他是复制了记忆中别人的情。看到了泰山，想到"一览众山小"。看到了黄河，想到"黄河之水天上来"。于是这样的诗作只是东施之为。香奴写了油菜花，她感情的喷发口与众不同："一朵油菜花，并不好看/一棵油菜花，也不好看/甚至，一丛油菜花/还是不够好看/油菜花，要多到一片才好/让我来形容/一片云，一片海/呵，一片金黄//你爱我一夜，不是爱情/你爱我一年，也不是爱情/甚至，你爱我一生/还不算是爱情/爱情，要前面爱了三生，后面还有/三生/让我坐在黄昏里，清数/爱如潮水，爱如潮水/呵，爱如潮水"情感要找到最好的宣泄口，这首诗前面油菜花朵的递进，引出后面对爱的递进，前后照应，熨帖而恰到好处。感情于诗，不是自来水，不是下水道，而是高山流瀑，自在险处觅常情，会有佳篇动人心。

诗歌的现代性体现了诗人对这个世界独特的理解和不凡的表达。现代诗越来越将诗与思联系在一起了。缺乏思辨力量的诗作，如无骨之肉，不能站立行走，更谈不上飞行。这里要明白，诗人之思，不是对主流大众共识的图解，更不是对某种哲学和思想的解析，而是一个独立的现代人的内心独白，也是诗人对世界独特的重新命名。《突然停电》就是这样的一首短诗："洗衣机里的衣物/回不到原来干爽的自我/也达不到预计中洁净的目的//电饭煲里的结局/既不是生米/也不是熟饭"这里剪取的两个事物的状态，既是当代生活中的常态，也是人生新况味的象征。当然，诗之思若更多地指向人性的当下状态，那么更能体现诗人悲天悯人的情怀。《一个悲伤的男人》写了北京地铁口的场景："一个悲伤的男人在地铁口哭泣/不是默默流泪，而是号啕有声//那是北京留给我最深刻的印象/北京的地铁口另外还有/还有外地妇女抱着幼童问你要发票吗/还有盲者弹着吉他歌唱，一些零散的钞票/放在脚下的一个写着红喜字的/搪瓷盆里/但是，他们都没有哭泣//一个悲伤的男人哭泣应该有很多种理由/没有人问过他/没有人路过他的时候，放慢脚步/没有人认为一个悲伤的男人/也能让人记住北京"这里也许有人会说，北京难道就是这样的吗？诗人为什么不去表现阳光、蓝天和欢笑？其实，诗人在这里写下的是她的思考，为什么一个在地铁口号啕大哭的男人让她记住了北京？答案会是多样的，然而诗篇没有说出来的，也许是这样一个答案，我们内心最柔软的地方是同情和怜悯，虽然我们常常力不所及，然而向善之心引领我们，去感知这个世界的冷暖。诗集中较长的一首诗《中年词》，是诗人思考的意识流，呈现了一种成熟之美，在不放弃梦想的同时不放弃思考，从而让自己变得宽容大度："摩肩接踵，已经算不上拥挤/菊花已经拿不出手/秋天就关在心里/修篱/已经不是怕　失去/……自己成为风景/乔木高大，灌木矮小/荭荭草也有可辨识的平常容颜/苍术匍匐遍地/我确信/阳光和雨露，自始至终/爱着她的　微不足道……"这些诗句是思辨的果实，成熟而丰满，同时这些诗句所展示的画面，透露了一个诗人内心的自信与谦恭。其中浸润的宽容和对人生的重新理解，让人生变得更加美好，人性变得更加温暖："我小的时候，憎恨过祖母的吝啬/青春年少的时候/厌烦过祖母的唠叨/比如她说，白马红缨颜色新/不是亲者胜似亲/比如她说，一朝马死黄金尽/亲者如同陌路人//走过半生，蓦然发现/那个没日没夜修整院落的老人/那个见孩子们睡懒觉就破口大骂的老人/那个逼迫孩子们放学后要捡粪拾柴的老人/那个曾经背着孩子也要上扫盲班的老人/那个不厌其烦地在自己腿上搓着麻绳的老人/那个死后留下满满一柜子布鞋的老人//只有她/才应该是我的祖母……"这首诗是对人生深刻的理解，也正是这样理解，让曾经灰暗和艰涩的日子，变得温馨而明朗，诗人何为？诗人就是燃灯者，点燃自己的心，去照亮读者的心。在这个世界，人类走过的所有历史，从来不缺少黑暗和丑恶，诗人就是坑道中的矿工，挖掘那一星一点的光亮，让人们能够互相贴近，相携同行向前走。真善美从来不是大街上到处摆的摊货，真善美确实是人间稀有的珍品。所以才需要一代代诗人开拓、守护和珍惜。这是诗人命定的天职，忘了这一点，绝不可能成为一个优秀的诗人。

读香奴的诗，还感受到一个对语言有追求的诗人所做的努力。在当下诗歌越来越多地运用口语，特别是美国歌手鲍勃·迪伦获得诺贝尔文学奖，显示出当下的流行趋势。正因为如此，当口语成为人人可为的工具，写作在一些诗人那里成了日行千里的快意行为。坚持诗人是语言的工匠，坚持努力完成诗歌的难度写作，也才能在雅俗共存的世界，提高诗人的辨识度，找到自己的别人难以复制的语言方式。在这本诗集中，有一些诗篇写得相当好，比如《母亲去湖边散步》真是值得认真研读："母亲的背影比母亲还苍老/白头发被风揪出来之后/更白了/棉衣臃肿，围巾滑落/母亲一瘸一拐地/去湖边散步//一条近路，她还是走走停停/她的目的地是湖边的一块青石/青石底下藏着她的蒲草垫/她坐在那里晒太阳/有时候，上午去/有时候下午去//天天风和日丽吧/母亲好去湖边散步/一块青石，是她唯一的驿站/让她看到的奔跑，都成为她的奔跑/让她看到的幸福的人/都成为她的儿女/让铺天盖地的阳光告诉她/偷偷跟在身后的人/多么爱她"这首诗完成得十分成功，情感真挚而饱满，将对母亲的爱投射到"散步去湖边"这个细节。表达精准而生动，如"母亲的背影比母亲更苍老""白头发被风揪出来之后更白了"都是浸透真情的佳句。语速和节奏的分寸，内心温暖的散发传递，人性美好的呼唤，三层递进，直抵人心，真是近来我读到的难得佳作。

十分高兴有机会集中阅读香奴的诗作，祝贺她诗集的出版。愿她写出更多更好的作品。

是为序。

**2019 年 10 月完稿于北京**

# 目 录

CONTENTS

## 第一辑 幸福的分步式

蔓草集

## 第二辑　春天的复杂性

## 第三辑　妥协之字

蔓草集

## 第四辑　我走过的人间

# 第一辑　幸福的分步式

# 幸福的分步式

把红酒倒在杯中三分之一处
我总是停不下来

要么斟满，要么一饮而尽
我不喜欢
幸福的分步式

桃花命短，真是活该
谁让她一夜就开出了一千朵
她学不会，忍住绯红
梅开二度

# 琵琶行

阳光的颜色跳入她的名字
一个十二岁的女孩用阳光的音质
背诵《琵琶行》
我们瞬间老去，力不从心
能背诵出来的只剩：相逢何必曾相识?
我们是站在墙根鼓掌的人
我们是站在墙根突然想起女儿的人

我的女儿，是夭折的荷
没露过尖尖角
没见过蜻蜓

突然鼻子发酸，你若转世
没有这样的十二岁的女孩青春
也不要紧
没有这么多阳光跳跃字字珠玑
也不要紧
你可千万　　不要抱着
唐朝的琵琶，半遮面
出现在茫茫的江面之上

# 甜百合

熬粥，或者清炒
西芹翠绿，胡萝卜橘红
甜百合还像在土里的样子
穿层层叠叠的
公主裙
白色的狄金森

吃吧，吃吧
你若还嫌她不够甜
我有白砂糖，还有枣花蜜
总之，不要冷落她，放在废墟上
这日子，寂寞都要开花的
这日子，根须发达的甜百合被剩下
是多么危险的事情
远方的冰凌逆流而上的消息传来
狄金森　开始修葺春天的篱笆

# 雪狐消失了

我一直往北，寻找
寒冷如故，但是
雪狐消失了

大地上空无一物，天上没有飞鸟
我喜欢这个谜一样的
结局

用表达柔情的那双眼睛再表达一遍轻蔑
用言说甜言蜜语的嘴巴
咒骂
猎人，骗子，闯入者

雪狐身后
总得有什么一发不可收拾
如果不是爱　也不是恨
那就是冰雪　融化

# 紊 乱

所有紊乱，都是一个周期的尾声
春秋，日夜
相见和别离
青春和衰老

我开始喜欢粉色
我用她取代黑白，青黄
我重新回到无忧无虑
踢石子，学鸟叫

如果词语里隐匿的都不算
那么现实中
我尚未爱上任何人

乱就乱了吧，春风
我的初恋就是这个季节出现的
那天雨夹雪
我们从彼此的对面，路过紫丁香

# 叛　逆

那时候，夏天纯粹
青葫芦的荷尔蒙通过藤蔓
疯狂地攀爬

掌管春天的小神离开人间
野蔷薇叛逆，满墙轻薄的誓言

劳碌的父母在工厂里，需要
跑着去厕所，跑着回车间
用十分钟，吃完午饭
而我们，对此
装作视而不见

# 白鞋子

她不白了。莫名其妙就不白了
没有皱纹也没有老年斑
更没有发胖

就一年的光景，穿，或者不穿
走城里的老街也走乡下小道
翻新也没有用，鞋店的师傅说
不如再买一双相似的
白鞋子

# 妈妈，我和嫦娥在一起

酒里有桂花，月饼里有蟠桃丁
有些冷，比最深的秋天还冷一点点
不再看书，我围着红格子的披肩
这里光线比人间黯淡
妈妈，这里比阴山还远

我是一路饮着美酒来的
最后那些，倒给菊，也倒给花楸树
坛子里已装满了西风
草木倾斜了，千江之水顺势而入
我必将泛舟而归。妈妈
如果你非要我说出一个人的名字
今晚，我和嫦娥在一起

**2015 年 9 月 26 日中秋节**

# 肩周炎

原来这里叫作香肩，纹过莲花
披过蕾丝和锦缎，也留下过
豹子的齿痕

妖娆都曾经疼过
山也疼，水也疼
岁月有条不紊地把我的举手投足
全部贴上
云南白药膏

2015 年 12 月 4 日

# 所　剩

所剩无几
一千亩夏天，苍老成
一支莲蓬。云鬓缭乱的
中年，总结
成髻

# 情　人

你就坐在台下
更多的时候你得原谅我，我唱青衣
我生来厌恶花旦的行头
我能担当的分量，最多是
窦娥的枷锁

# 水　袖

本来，我可以藏起来更多

转身、遮挡，沧桑和

千娇百媚

却因为要留给你绫绡的白

西风的凛冽

一条河流的千折百回

亲爱的，我只能

抛开自己

# 而此刻榕树流下泪水

榕树并不隐忍，他气愤的时候
青筋暴露。他想起远方的时候
根茎跳出土地
他开怀大笑，就允许风
撩起他的胡须
而此刻榕树流下泪水
必然，是对一场大雨的回忆

# 刺　青

必将浓缩所有情节
必将言简意赅，类似绝句
不在手背，也不在掌心
我不屑，显而易见的甜蜜
若要刺青
就在心头，小写两个字母

# 我害怕一种叫魔芋的植物

她活得盲目而漫长
在狮子山桥下
每天路过她，我就命令自己的脚
快走！

每次我都忍不住看她
硕大的叶片
挺直的花茎
那红得狰狞的到底是最终的果实
还是仅仅是初放的花朵？

# Leisure Hotel

还等什么，我亲爱的
樱花收下，雨水也收下
谁也说不好，广岛还有没有春天

这里浓荫遮蔽，阳光无法打开
自动旋转的厅门
音乐和咖啡都盘旋在屋顶
神的眼睛也在高处，他默许我
用流水清洗身体，头发，指甲
直至透明，像婴儿

还等什么，我亲爱的
樱花收下，雨水也收下
谁也说不好，广岛还有没有春天

2017 年 6 月 11 日

# 那是雪的感觉

抵达山顶，滑下
或许有危险藏在山腰
或许仅仅是鸟鸣
眼前光芒四射，世上空无一物
亲爱的，我来了
脊背之凉
那是雪的感觉

# 离　别

荷塘仅剩荷塘
月色空有月色

水果刀
这虚设的利器
竟然没来得及，割破苹果的动脉
就臣服于优美的弧度
深陷熟透的甜蜜
鲜红，欢喜，
却步而不能自拔

2017 年 5 月 14 日

# 伤　疤

驯鹿飞奔，成双成对
春天是必然的

这些冬天的伤疤痒起来，长出新的皮肉
过往与未来
在此处弥合
差不多就是，天衣无缝

# 述

流年里还有，忘记吹灭的灯盏
我一边跟你说着话，一边
吹灭它们
还好，火苗已经孱弱
而我还未到
步履艰难
我还有，火
点亮剩余的黑暗

# 失而复得

三年前丢失的钥匙串
突然出现

三年前，我已经发誓
再也不用锁

# 旧　衣

新居竟然还没有
准备针线。潮湿，让锦缎发了霉
变了色
漏洞百出

我用什么跟你说呢
腰身，凹凸，镶边和刺绣
再也无法佐证的青春
是的，是的
已经没有修补的必要

# 三明治

时间决定的，三明治是一首短诗
我企图用咖啡掩盖，意向的潦草

我企图掀开吐司片
一层一层地翻找
火腿，煎蛋，玉米粒，沙拉酱，黑胡椒
噢，都不对
甜蜜，到底被你藏在了哪里？

# 不断开花的桂树

珠海的桂树没有金秋
一年四季不断地开花，整日整夜
吐露芬芳

她不知道，爱得太多也是错
她不知道，重复地爱
是错上加错

2017 年 5 月 8 日

# 水葫芦

她模仿莲，仅仅学会在水中
提取绿
开花还是生根，让她左右为难

守着繁茂的夏天说心灰意冷
谁信呢？

# 锦　鲤

这午后的池塘静得
我心慌意乱
成群结队的锦鲤，招摇而过
每一条都像你

给过我
不能上岸的爱情

# 榴　莲

这原本是危险的
危险的气味如此明显
第一个解开她的盔甲的人一定
是个赌徒

后来才有人敢垂涎她的丰满
每一个贪婪的勺子
都想得到她甜腻的回报

# 生日蛋糕

奶油是小生的
白巧克力是美女的
松软的主体，给缺牙齿的孩子
草莓和黄桃有点偏离主题

我是这四十六颗蜡烛
流年拥挤
还能发光，还能热泪盈眶
火焰再热烈一点
我还能唱给自己
生日快乐

# 香槟玫瑰

定有过醉生梦死
你今生举杯而来，唇色苍白
你笑，你紧咬牙关

你开口致辞的时候
我觉得，你应该红过
如果仅保留玫瑰二字，红
是否能退回来
让香槟孤独
远离爱情

# 苹果终于到秋天

四季如春，是百无聊赖的
有人模仿榴梿自解
露出肩膀，女人味十足

也有人，是守身如玉的山竹
等得久了
与你朝思暮想的
总是判若两人

而北方，骄阳如火隐退山丘
露水爬上草尖
磨石和镰刀狭路相逢
偷窥夏夜的虫儿感慨：
苹果终于到秋天

# 白　桦

你的美人，背井离乡
归来的是一棵凌乱的草，一棵草戴着草帽，戴着墨镜，却
保存了一棵草的特立独行

所见的白桦，已被绳索驯服，笔直，向上，对阳光献媚

英雄末路。你再没有我爱的旁逸斜出的锐利，你再没有我
爱的横行躯干的霸气

白桦！
你的美人已老

# 乌 鸦

在这黑得彻底的北方之夜
看不见自己的杨树林里，也看不见你
你的叫声，突然变得好听。被我这样迷路的人抓住

当作方向
当作光明

# 葡萄架

葡萄在春天就被铲除了

葡萄架在秋风里晃了又晃，母亲坐在葡萄架下想起她不能
再见到的孩子


一只蜗牛终于爬到最高处

一只蜗牛爬过整个夏天

一只蜗牛看到，一串一串，密密匝匝的紫色

一只蜗牛，很多年以前就试图打开那些汁液四溢的忧伤

一只蜗牛

终于爬上了　葡萄架

# 小 雪

是个女孩儿，十六岁
皮肤很白
头发乌黑

穿蓬蓬裙的冬天，有点冷
谁都想握住她的小手
又怕，她，身骨轻软
琉璃心易碎
北风将飞速地将她融化

你是谁的小雪
你为谁，在一棵不能发芽的树下
情窦初开
并引导了他的一生，钟爱梅的颜色

# 听苏三起解

你一开腔
我就成了女囚犯
女囚犯的戏服真是好看
女囚犯的嗓子里住着自在娇莺
女囚犯走向皮开肉绽的刑罚时，也能做到
字正腔圆

女囚犯
也必然有绝世的花容月貌
方引得杀身之祸
落得天青加身，佩戴寒光的铁索
而此刻，女囚犯长发凌乱
一次次在掌声和叫好声里
离了洪洞县

# 皮草记

是寒气逼人吗？让我突然对此生有了悔意
至少应该留下一件
五花马或者千金裘


美酒又有何新意？雪落青丝
到底该罚几杯


到底暖不暖呢？
水貂，雪狐，女子血淋淋的名字


哦，亲爱的！快把我的颈部缝合腹部也缝合
雪野深处是不是
还隐藏着一场旷世之恋？


只要躲过这个冬天的杀戮
春天的花丛里
将娩出最美的那只小狐狸
她头戴梅花，通身是大雪的白色

# 综合征

她们缜密的心思，复杂的情感
她们花一样地千姿百态
她们收藏长裙，短裙，帽子，高跟鞋

她们说过栀子花的甜言蜜语
她们用大海里无尽的浪花
撒过娇
这一切都注定
她们将在黄昏患上综合征

黑暗降临之前
神，也不能
对症下药

2017 年 5 月 1 日

# 生明月

等待分娩，是神奇的事
最圆的腹部，渐渐平息的躁动
大海，那翻滚的疼痛
撕心裂肺，血染天空

而明月无辜
一出生，就忽略了黑暗的喜极而泣
孩子，你尽管明亮

# 朽 木

朽木，朽木


白胡须的长者喜欢以老朽自诩
但往往言不由衷地仰天长啸
仿佛错过的那些江山美人
都是一场意外
而借喻一段树桩，也无法抗拒春天的旨意
万物复苏枝繁叶茂，将迅速掩盖
遍地的 英雄过往


朽木，朽木


迟暮的悲哀，何止对镜贴花的美眷
桃木箧子，荆钗，黄花梨的梳妆台
谁还记得谢赐的那，一斛珠
一段错过的良缘
咿呀呀地唱吧，和着小轩窗之外
更漏如常里，寒鸦无数
哪个女子不是自己的戏里，唯一的当家花旦
总有一场
花落了再也不开

总有一场
朽木再也不逢春

自此
前世苍茫，说不清来龙去脉
越来越多的人，路过并言传绿意
连觅食的麻雀也小声地嘀咕，像祈祷
也像咒骂
朽木　朽木

# 幸　福

真轻啊
真细小。她靠在你的肩上
甚至能有几次拂过你的脸
幸福痒痒的，感觉到了你就在夜路上笑了
路灯也笑了

你转身
抖落雪花，你看到
大风过后，仍然留下
她的一根白发

# 第一场雪

不好评判，迟到或者适时
只是薄了一些
只够头发半白，一生的爱
停在中途


不好说结局，给期待圆满的播种者
这个深秋，一部分裸露
一部分被第一场雪
掩埋

# 余 悸

晚秋的衰败
今生的蝴蝶一定还记得
所以她爱了又爱
阳光下的蜀葵

阳光下的蜀葵
这些从幼年就练习天天向上的花朵

忘了妩媚，也忘了芬芳
她一直陷入对黑暗的回忆
一颗种子在土地里漫长地等待

所有新生儿都是哭着到来的
一定有什么，总是让人
心有余悸

# 相见欢

尽量装作习以为常
切秋白菜，甩去最外面的一层
忽略虫洞和青虫的去向
不再有人来争辩横着还是顺着
下刀

这午后多么短暂啊只够
自言自语
一杯挂耳咖啡

昨天说个喋喋不休的人
终于沉默了
回到远方

一场相见欢真像预期的台风
既然注定要来
也注定要走。就让我亲手收拾起
那些榕树倒地的凌乱

# 蜂　蜜

大山里的向日葵，椴树，槐花
我所不能抵达的夏季
我所不能攀附的悬崖
我所不能深嗅的芬芳

密闭在一个 500 毫升的玻璃瓶里
我喜欢这样的　不带商标和价签的
朴素的器皿
我想起你的时候，才舍得打开瓶盖
满屋子都是亮晶晶的针刺
她们来清算，我分享的这些
甜

# 等 雨

星星索等雨，落下来
饱饮此夏
木棉等雨，流下去
带走残花

你等雨，从天气预报里来到现场
用以说明日复一日的思念
仅仅被水质的距离
阻隔至今

我等雨，全部抵达海面
泥沙弥合微小的裂痕，时机一到
我就舍出这些年积蓄的蓝
还你出现的时候，山河明亮

# 凌晨之前

凌晨之前哭泣和诉说都是错误的
日间所见，接近凋零的昙花
她累了

雨水落下来，雨水在小路上奔跑
相对于春天，这当然迟了
但是总得允许崭新的种子，抵达
久别的大地
太阳一升起
就最先照亮她，在青草之间

# 白蘑菇

我一定一直迷路于此
白蘑菇的埋伏圈，一颗又一颗
让我流连忘返

是女巫，你就说一道咒语
是仙女，你就摘下你的白帽子
如果是我丢失的小伙伴，你就笑一个吧
对，缺两颗牙齿的笑
再用沾满泥巴的手掌把剩下的牙齿
都捂上

还说说这么多年吗？白蘑菇你别哭
这长满皱纹的是我
这遍布斑点的双手是我
我已经原地找了你一生
好容易攒齐这枯枝败叶，丰沛的雨水
而季节，恰好到了盛夏

我们相认吧！遍地的白蘑菇
都是你

我要跳到贪心的竹篮里去！向死而生

我要装扮成一颗白蘑菇

我要紧挨着你

# 橡 树

突然出现橡树

群山之间。多像突然出现你

藏在橡树之后

只有我看得到，只有我熟悉

如野菊的呼吸。从此

繁花和流水都将走向

形影孤单


世人已经不配知道谜底

世人必须俗不可耐，在秋天之前狂欢

互相杀戮并互相吹嘘

醉酒后，一无所剩

我是其一，所以我醉得最彻底

其实我喝下的每一杯

都是致橡树的


我喜欢更凉的秋天，接近霜雪的

我喜欢更红的叶子，接近火焰的

我喜欢更苍老的爱人，接近白首的

我们静坐着

大地被收割一空

天高云淡终被群雁抛开

我们是岁月的幸存者。虽然记忆
不断地落下去，腐朽
大风吹过稀疏的果实，每一颗都有回声
我们见证白雪苍茫和
春的序言，我们来生还将成为
枝叶交缠的两棵橡树

# 荷花不知道

荷花不知道

自己就是夏天

荷花不知道

众多的蜻蜓落在头上

那些都不是爱情

她应该继续等待

另外一支与自己相似的　荷花


荷花不知道

人类对于淤泥的千古诋毁，只是

因为人类要强行借用她的高洁

荷花不知道

淤泥里平躺着的藕，才是自己最初的

肉身　她留在黑暗中

托举出自己的灵魂

轻盈明亮

荷花不知道

那千疮百孔的身体，仍然

有藕断丝连的臆想


荷花不知道

秋风也是奉命行事
从一支莲蓬开始收复秋天的城池
接天莲叶无穷碧，终将
全军覆没
荷花不知道
节节败退之中，黄连母亲咽下的那些苦
又为孩子们
开辟了粉红鲜嫩的新生

# 骆　驼

我承认
用骆驼给孩子命名的时候
我很自私
把绿洲出现的希望
寄托在他幼小的脊梁上

他一直忍着
一直不屑挺胸抬头的站姿
一直让自己的背部
委曲求全

储存了水分和能量
他在宿命里应该远行，到祖先卸下黄金的地方
丝绸之路多么柔软，而
瓷器多么有棱角
我的骆驼，应该驮着茶叶和盐
出使西域

至于你为什么哭泣
为雪莲，为沙尘，为羌枣红润
也为阳关三叠，春风不度

孤独

真是说不清道不明的意境

多少繁花也遮不住

掌中流沙


翻来覆去咀嚼孤独

把能咽下去的都咽下去

把不能咽下去的弃为糟粕

就是骆驼的哲学

也是人类的

生存之道

# 我合拢了最后一枚骨朵

金子，钻石，蓝托帕
我竭尽全力把这些纯净加进
对开花这件事的期望

青春年少的北欧月季太绚烂了
据说枝头都落空了，还会再开一批
年轻多好啊，不用涂脂抹粉
就能轻易地冠以妖娆

我有点后悔自己的倔强
精心准备的蓝
深深浅浅，有的像溪流
有的像海洋
说真的，我真舍不得
但是，在这繁花仲春的中原
我合拢了最后一枚骨朵

# 第二辑　春天的复杂性

# 春天的复杂性

有的人，自己的春天来了
有的人，去了别人的春天
有的人，删除了名字叫春天的人
有的人
坐在三月冰冻的湖边，还不想
与时光，冰释前嫌

但是，所有人都乱穿衣
貂皮，白鸭绒，棉花，苎麻
还有人披了一身的桃花
制造绯闻并一再强调
粉红的植物本能

野菜一萌芽，就被挖了
蒲公英还未到少女时代
而那么多成熟的种子躲在暗仓里
不谈恋爱，更不涉及婚嫁

另外一些囚徒，生怕被营救出狱
毕竟
春天来了

我的表弟说，只有在监狱的南墙根儿
晒太阳，才是安全的
他的仇人，距离他还有五年

可是，春天说来就来了
谁也等不了谁
谁也救不了谁
新秀是新秀，朽木仍然不可雕
不谈名利，不谈贫富，不谈军事和政治
那就钻桃花的空子
那就擦边桃花的规章
那就混一混桃花的江湖

再煎熬的春天，也会过去的
实在不行，一直睡下去
反正有人正在感觉
春宵苦短

# 地坛的春天

没有门票
也不用祭祀
皇帝和群臣都睡着

那些摘柳芽的女人是老宫女
她们用尖指甲泄怨
她们用三寸金莲碾压
蓬勃的二月兰

地坛的草
一发芽就说起清朝的事
用太监的声音
宣读被篡改的圣旨
有的人，因此失去奔跑的能力

史铁生的轮椅生锈了
他写过的红旗轿车，足球，爱情
后来各有各的命运
如果能忘掉地坛该有多好
春天
他回到清平湾

# 清明记

一个弟弟死于溺水
三十个弟弟死于山火

人生，苦啊
要么水深，要么火热

最苦的是母亲
一会儿嘱咐我带上一大桶
农夫山泉，她说清明无雨啊
一会儿又嘱咐我千万把水桶盖拧开啊
她说人死后没有力气

清明，姐姐我一个人徒步去墓地呀
背着烧纸，苹果，香瓜，杧果，红毛丹
咖啡，糖果，卤猪手，小蛋糕
菊花，百合，粉扶郎，还有江小白

姐姐是疼哭的
而母亲，将一点一点疼白了头发
疼碎了骨头

众多的姐姐把墓地装扮成花海

把墓碑淹没

把悲伤淹没

坐起来吧，弟弟们

喝了这杯酒，变成小草的样子吧

也只有它们，才能

春风吹又生

2019 年 4 月 4 日

# 春　怨

有个河南的姑娘
动用顺丰快递，送来
一株价值不菲的红美人兰

我说天冷很危险
果然很危险。果然如标签提示
一株兰，冻成了易碎品

哭泣的花朵结出紫色的幽怨
但是怨她也不对
怨你也不对，只能怨我

怨，也是春怨
冰封之河，枯败之柳
缄默的黄莺，迟迟懒于出门觅偶的白猫
都要怨一遍

把怨过的，再逐个赦免
搂在怀里
疼一遍
春天就来了

春天一来，红美人兰的

姐妹就被花轿

抬出深山

# 茱 萸

这是她的深山
或许她属于西秦岭
她平凡，她是平凡的万千之一

无人欣赏
她独抱孤芳
无人采摘
她一次次在秋天终老

没人知道她的一生
对于普世的疼痛
其实，是一味良药

# 曼陀罗

我又回到原地。此处已经没有曼陀罗
她，到底美好还是邪恶？
我不想翻阅他人之说

人间的诋毁者多于赞美者
时间，始终保持中立

# 海　棠

我逐个抚摸她们，在她们之中找到我
带着疤痕，冰雹砸下的
如果命运另有安排，很可能我早已含着青涩坠地
被仰望高枝的人践踏

所以，幸免于难的那一部分
拼命地红着
拼命地甜蜜

# 莲

你们的赞美，太吵了
你们叫作美德的，太高了
蜻蜓纷纷坠落
莲只是有莲的秉性
她喜欢安静

非要发表盛夏的演说
首先感谢　淤泥

# 画　面

冰雪不再融化
白杨不再发芽，如果出现绿
那是我的败笔

不再把画面改成春天
难为行者脱下棉衣，还要补上
一双燕子

候鸟不回来就不回来吧
不要总是用温度威胁她们
改变，飞翔的方向

# 小事物之米兰

用眼泪开花
用终年的积蓄，香一次
摆个迷魂阵
给视而不见的人

高木争夺阳光
苔藓抢占水分
作为木本植物，她接受花神的安排
渺小，就把渺小攒在一起
一朵叫作米兰的花
被我归类为：实力派

# 青团子

没看完的春天，打包
鼠曲草，艾叶草，还是青麦草？
就算没有名字，你也可以绿

青团子随我在苏州站
上电梯，下电梯
跟你说大禹那就太遥远了
我们说说千里之外吧
我要带你，回草原

是不是你一落地
我一开机
呼啦啦的绿草就扑了过来
有你的姐妹，也有你的兄弟

# 空白 （一）

很奇怪
一个在玫瑰花里放卡片的男人
消失之后，我的生活
并未出现任何

# 空白（二）

他没有带着他的灵魂，当他的身体
经过我的身体
他也没有带着他的爱情，当他的语言
批注我的语言

也不能断然否定，是我用大海的空白
吞噬了一条茫然的小溪
总之，爱我或者被我爱
在空白处，是要命的事

# 沙

谁扬的？
扬给谁看？

每个春天，我都被空穴来风中伤
还有杏花妹妹
我们都是抱着白裙子不敢穿上的人

本来就形如槁木的来往者
戴着口罩，架着墨镜
当然我也怕他们一开口
喷出沙土
一个本来就尘灰满面的行者也怕
又被扬了一身

这铺天盖地的颗粒物
让我如何施展
弹指一挥之术

接受天气是接受命运的一部分
是的，必须全盘接受
牙齿之间沙子作响，我刚想摘下口罩

作唾弃状

5 路汽车嘎吱一声，停在眼前

相对于等待下一趟的四十五分钟

我更愿意，咽下

这口沙子

# 论油菜花的数量

一朵油菜花，并不好看

一棵油菜花，也不好看

甚至，一丛油菜花

还是不够好看

油菜花，要多到一片才好

让我来形容

一片云，一片海

呵，一片金黄


你爱我一夜，不是爱情

你爱我一年，也不是爱情

甚至，你爱我一生

还不算是爱情

爱情，要前面爱了三生，后面还有

三生

让我坐在黄昏里，清数

爱如潮水，爱如潮水

呵，爱如潮水

# 生　日

那一天，父母亲搬进了新房子
茅草和泥坯都是新的
新得有些仓促，新的杨木窗户
没来得及安装玻璃

山风鱼贯而入的阴历四月二十一日
我出生在自己的家里

# 乳　名

母亲没有去抽签
父亲没有翻找字典
如果我是男孩，应另当别论

我一哭
新屋下的第一窝燕子就叫了
父亲一抬手就给了我一个
候鸟一样劳顿的
乳名

注定，我不能沙暖而睡
注定我不被写进窗含西岭

我用四十六个春天，爱上了宿命中的一句
微雨燕双飞

# 微　小

我恐惧经历过的洪流
排山倒海之势、长驱直入的侵扰
所以，我用微小爱你　用微小，忘却你
我用稻米爱你，用菜肴爱你
还有松软的面包，鲜美的羹汤

我用初夏的青苹引导金秋的硕果
稍微甜一点点，我就消失
我消失得快，这些堆积的微小带了电
在空气里旋转　不甘于，尘埃落定
就好像，我爱你的时候
每一个微小，都久宿着一个神明

# 夜 雨

急促之水来不及选择
此城，彼城，或两城之间

落在玻璃窗上的雨滴，亮着 偷窥之眸
但是，你不在
她们索然继续滑下去
一条痕迹湮没一条痕迹

那些好了伤疤忘了疼的花朵 开始低声啜泣
我们都哭了。像在回忆过去 也像在迎接未来

# 片尾曲

你随散场的人群而去
你跟他们一样，着急

全剧终
字幕和花絮像在回忆今生

我是意犹未尽的那个人
我一直端坐，空荡荡的影院
头顶回旋着那么好听的片尾曲

# 枇　杷

今天不上清供了，白芍入药
我也再不是，花的样子
再不担心早一些或者晚一些 凋落
有求于枇杷，把这五月鲜红的咳嗽
还给枝头

耐心熬制，辛酸就快被冰糖淹没了
甜蜜就快隐藏得无影无踪
唉！还是有所亏欠，
对一个人
或者对施舍给我果实的那棵树

# 灯 下

传说中的红玫瑰并不在我的肩上
我没说谎，你也别说
让我们的交谈逐渐变得明亮
我不涂脂粉，不用紧身衣塑身
青春，该走就走吧

我把松弛的思想给你，这大半生的
褶皱迂回，呈现在灯下
你可忽略，也可端详
我不喜欢发誓，你也收起来这些
随意丢在地毯上的，衬衣和腰带

我会记得，灰格子以及大写的字母
但是抱歉，我不会特别回忆
我没有泪水给你，我爱得十分平静
在你之前，我一直在练习
如何不受伤

我承认历尽的那些可以叫作沧桑
如果你问这四壁的光芒下，我到底有什么
与众不同　我告诉你，你必须记住
灯下，我有一双干净的眼睛
与你对视，交换澄明

# 谷 雨

## 1

我知道，这有点难
在沙尘布下的天罗地网之间
穿插，这场雨
还要倍加小心不要弄脏梨花的白
更不能弄乱桃花的心

## 2

忍不住地拍打，滴答滴答地落在窗上
童谣里想要种花的女孩儿
已经没有了土地
谷子和亲人，都埋在山坳里
每当在这个日子回想一遍
记忆都会捧出金灿灿的米粒
亲人，起身
在谷雨的炊烟里慢慢行走

## 3

适可而止
别把这些湿漉漉的

秘密炫耀出去
别把我的新芽做成节气的勋章
要知道，明天就会绿树成荫
就连薄如蝉翼的爱情都会无处悬挂

也不要垂头丧气
燕子不敢叫出来的春色，就交给
另外的喉咙
你听，雨里一直回荡那些殷切的鸟鸣
她们唱着
布谷布谷，布谷布谷

杨花
垂柳，在水性的明镜里骚姿弄首
落花的秩序就此纷乱
细腰的女子，未启朱唇

从《诗经》开始　春天的罪恶已经
以杨为名

# 立春琐记

一些陈年旧账，积得太多太久
比如雪，梨花和樱花都不能顶账
白衣的菩萨也不能将寒夜
以慈悲之心，一笔勾销

到了清算的时辰，不计其数和漫天飞舞
词意最近，就在玉渊潭的春天
我们把交集归零
从明天起，我们各自继续开花

# 从此之后

整个下午，我在吃草莓
从此之后，我不会再吃草莓
我吃草莓的时候，一直在想你
从此之后，我不会再想你

一想到大地的荒芜，我就原谅别人
将出现在春天里，手提我闲置的小竹篮
身穿与我此时雷同的长裙
我原谅天空湛蓝，东风香软
你准备了蜂蜜 还有白砂糖
你说，吃剩下的做成草莓酱

一想到来日方长，我就原谅别人
将在午后慵懒地依偎你，亲切地抚摸你的头
你们将一直坐到月色清凉
我原谅群星璀璨，彩云妩媚
你将忘记我的名字 还有笑脸
你说，你第一次遇到这么爱吃草莓的姑娘

我吃草莓的时候，一直在想你
从此之后，我不会再想你
整个下午，我在吃草莓
从此之后，我不会再吃草莓

# 我用樱花的方式爱了你

这是个季节性的错误
你走桃花运
而我用樱花的方式爱了你

我在枝条的伤疤上爱你
我在断裂的躯干上爱你
烈日里爱，细雨里更爱
不见天日沙尘里我仍然不断吐露
妖娆的语句

这是穷途末路的爱
最多能够爱到
雨过天晴

# 蕾　丝

年轻的时候，不敢穿蕾丝
江山多娇，怕你折腰

年轻的时候，不屑穿蕾丝
三千丈浮云也遮不住
我的春光

暧昧

我装作不懂
忽冷忽热，若即若离
其实，我早就刀枪不入
海水是海水，火焰是火焰
哪一半都能湮没
你的暧昧　你的小心机

# 听见春雪

让我再想你一遍
想薄冰的湖，也想落梅的山
说完这句，便是春水潺潺
说完这句，年轮深刻，枝条变柔软
燕子在归来的路上，红蔷薇抖开褶皱的衣衫

天空上没有滂沱，也没有淅沥
地上没有河
种子在黑暗深处，听不见
母亲站在白茫茫的远方，把半个身体倾向拐杖
她听见我们幼年的嬉闹和追逐
她听见半空中有麻雀和乌鸦
她听见所有的降临，福和祸
她听见所有的降临消失，就贴着耳根

只有醒目的白
留在她的头上

地上没有河
天空上没有滂沱，也没有淅沥

# 我的月亮有所不同

传说是蓝色的，现实是红色的
皎洁，突然就在今天放弃了隐忍和修行
千古吟诵的篇章里浮现了历史的血腥
圆与缺一直拼杀，未分输赢

我的窗正对着原野，冬天的原野
我的月亮有所不同
像个汤圆，煮得正是火候
糯米白有些粗糙，再等一小会儿
饱满就会开始塌陷
这让人心惊肉跳！真怕
黑芝麻的甜，弥漫了天空

我的月亮有所不同，你也不来
雪地上没有路，灌木丛里没有玉兔
归流河的情歌都已唱尽，连鸟雀都悄悄地
偃旗息鼓。这是个很像样的冬天呦
她要使出浑身解数，扮个千娇百媚
只可惜所有的映照都已结冰

# 碎　片

好像需要扎一下手
用残局里的碎片
那曾经捧在手心里怕打了的玻璃杯
是不胜酒力的

我说过的危险，都一一出现了
你说，小鹿，你该回到山谷了
就哗啦一声，有什么应声倒下
取消探戈吧，还有忧伤的提琴
空气弥漫锋利
就此割破了，琴弦

# 绵　羊

你跑着还是慢慢走着？下山岗的时候
你流泪还是微笑？最后一次离开原野的时候
你是嚎叫的还是沉默的？
尖刀落下的时候

你到底替了谁的罪？
上帝问你的时候

# 陷　阱

我一直在挖，一个陷阱
我得加快一点，不顾及膝盖和十指
月亮圆的那天，放进去我的诱饵
能改写花好月圆的，只能是这只
白兔了

若你不来
若月亮不坠落
若彩云易散
若此后，世事照常

我要继续挖
更深的陷阱

# 黄梅花

你不热烈，也不高洁
想劝你再等等
混入迎春的枝条吧
骨头再软一些，身段再低一些

你修中庸之道
不血口喷人，也不缟素自怜
你躲得开诗意的墙角，也不伤害白雪
月光，瓦上霜，美人颈项

# 沙 画

不重复过去，也无法重复
而未来，是一盘散沙

现在，此刻，你说什么，我画什么
我指端抹出来的长江水啊，再宽阔一些吧，梅雨的季节即
将到来，让三月下扬州的船只溯流而上吧，让执意不复返的黄
鹤，回到鹦鹉洲吧

只要我不动，风也不动，每一颗沙我都做了最好的安排
或者说，这就是命中注定

# 雨　水

有一些雨水着急赶路
是领命于风，无关乎
海棠花儿是不是要自己开放

是你的，云彩跟着你走
不是你的，漫天的叱咤终将
烟消云散

少年恼火雨后的泥泞
中年无暇看她细雨缠绵
老年的我们站在窗内
从雨水开始说
天凉好个秋

燕子离开岭南
漂泊者离开北方
冷和暖在天空上交替，周转
用湿淋淋的乡音
互诉衷肠

# 变　化

柳树并没有发芽的迹象
湖水却献出映照的殷勤
清晨的路上
并未出现桃花
空气中却挤满了等待变香的
尘埃

没有雨呀也没有东风
云彩纹丝不动
去年的茧都挂在枯枝下
今年的蝴蝶还没有出生
但是，我等不及了
奔向这青黄不接的原野
从沉睡的先知头顶，踏过去
就像踏青，踏芬芳，踏雨后的泥泞
一匹老马，找到了志在千里的暮年

就听，半空中终于传来
云雀的叫声
云雀　越来越多
越来越近

# 戏剧性

回到观众席
再审视那些片段
全部是多余的戏份

一个高手得为自己准备几个版本
台词，手势，语气，并且争取
自导自演

详略得当，主次分明
按时间来布置出现和消失
有时候你是女一号，有时候
你是路人乙

散场了
播放器戛然而止，不给你机会
鼓掌。你看到
全体起立，送别
那些剧中人

# 春 节

快乐如蛇苏醒，蜕皮
献出新的快乐

幸福的人更加幸福。而
孤独的人更加孤独

团圆是圆的。但是
别离，仍然没有离得彻底

烟花替一切喧嚣代言
你可以记住不一样的璀璨。也可以
忘记，黑乎乎的
硫黄燃烧的痕迹

你恨过的天空、大地、海洋、草原
呈现了一桌复仇的盛宴
你俘获了
野鸡、百合、虾仁、牛腩

真的无法作出抉择
要么辞旧
要么迎新

# 惊　蛰

一个不必准备稻谷种子的人
这一天，有点游手好闲

冰雪融化不融化
都在情理当中
只是没有人，再穿河而过

燕雀始终不离那一小片林子
鸿鹄一直没有归来
万物一旦复苏，就会跟人类一样
抱怨沉寂，寒冷，冬日漫长

太阳亮出长鞭，责罚荒原
阳光的脚丫经过的土地，都将长出
城春草木深

谁不愿意待在春光里呢　谁不愿意
坐在枝头　招展小小的酒旗呢
谁不想快一点与蜜蜂对饮呢
春雨有锋芒
痛而甜蜜

如果，睡去的都能醒来
我们的幸福多拥挤啊，一棵挨着一棵
苎麻地里去开花
就是从这一天开始
生命被编进紫色的程序

# 悬　念

那是我欢喜的，在夜里飞行
除了翅膀，我什么都不要
月亮是月亮，星星是星星
而我，倾尽所有力气
成为最小的一枚
发光体

蜷缩在你的黑暗里
理顺这束光芒的毛刺，像抚摸橘猫
我将继续变小变弱，毫无悬念
被黑暗吞噬后
我，终于属于你

# 兰

如果不算那些患病的叶子
那个下午算是好时光
扇叶盘旋，通风换气
兰圃里的香气被赶出家门后
都遇见了谁呢？人来人往的街巷啊
郑州，人来人往的街巷啊

如果没有兰
如果没有清风吹开顽固的雾霾
如果烤鱼的盘子上缺少零散的藤椒
郑州真的算不上
一座美丽的城

# 樱　桃

樱桃，红樱桃
她性感得
让人口舌生津。整个六月
所有的美少年都会坐卧不安
一边舍不得贪吃
一边又担心这熟透的果实落向地面


熟透的樱桃，甜樱桃
不用招惹
是非就来了。樱桃好吃
树难栽。忠诚的稻草人
与吃不到樱桃的雀鸟
长久对峙
就像所有女儿的老父亲
以倔强的伫立
抗衡任意一种居心叵测


甜樱桃，陆陆续续消失的樱桃
都去了哪里？安慰饥渴
力不从心，如果单说欲望
又有一些过度饱满

你爱呀，你爱得皮开肉绽还不够
索性碎成即时的果酱，保质期就是
一片菲力牛排七分熟的功夫
不必储存
也没有任何容器能够储存

碎樱桃，回到泥土里的烂樱桃
爱情何其短暂，以至于
从来没听说过樱桃罐头或者盐水樱桃
却因为无法留存而保持了
记忆鲜艳无比
当然，象征主义也适用于流连忘返
比如，迪奥限量版的唇膏
有一款樱桃红
所有的女人都可借此强调一遍
六月的身体
最美的部位，呵
都这样形容：樱桃小口

第三辑　妥协之字

# 妥协之电梯间

提着臭酸菜的老太太笑得合不拢嘴
她在三楼下去之后
电梯间仿佛还残留了臭酸菜

脑血栓的男人，并不是很老
看到抱狗的发廊女衣衫单薄而暴露
他还有能力用半边脑子
浮想联翩
并垂涎好几尺

或者仅限于病态，我用猥琐来形容他
可能有点冤枉。但是收废品的壮汉
提着化肥袋和大秤
还要腾出一只手点烟

我是一动不敢动的
稍有闪失，真丝围巾就会被烫出破洞
而我羞于启齿，请求多多关照
当进攻者仅仅是
一个劣质的烟头

# 突然停电

洗衣机里的衣物
回不到原来干爽的自我
也达不到预计中洁净的目的

电饭煲里的结局
既不是生米
也不是熟饭

# 有　贼

昨夜我把若干怕热的果蔬放在
通风的楼道里

今早，怀疑一只老鼠带着他的新女友
在我的纸箱里过了一夜
没有电梯卡，他们从楼梯爬到九楼

老鼠先吃了我的胡萝卜和茄子
老鼠的女友甚至尖叫过：
哦！亲爱的！
这儿还有那个女人的梨子和苹果！

今早，我把整个纸箱扔掉的时候
像扔掉一个夜不归宿的男人

# 邻 居

我们互报过姓名
我们关上房门就把互报的姓名忘记
我们偶尔在电梯间遇到
我们以姐妹相称


有一次你在楼下草坪上晾秋菜
我在长椅上看《瓦尔登湖》
你问这本蓝色的书写了什么
我说一个叫梭罗的人写了
美国的土豆


你那天很兴奋，好像一下子跟我有了
共同语言


你去世之后
每次在厨房窗前对着你家客厅
我都把自己想成笼中的鸟
而你的笼子
空了

# 罪　过

我有一个行者的所有罪过
我爱流水也爱落花
我爱榕树的时候，也爱过了乌鸦

我爱你的时候，爱了他乡
让这座城的名字夹在两指之间
留下，还是离开
我举棋不定

# 九月九日记

兄弟，你还不醒
而我，就快睡着了


山丘上的秋天真凉啊，山楂也凉
我来时看到的，紫云英、野菊花
正在与命运做殊死搏斗


兄弟，我想明白了
你去披荆斩棘，你需要为自己开路
文武双全，单枪匹马


既然烈日和暴雨都不曾惊动你
我的哭，就不必发出任何声响
风，也不吹动黄叶
离弦之箭也不瞄准掉队的孤雁
整片墓地都陷入沉寂
就像这里从来没有发生过
埋葬


谁都不可能活着离开呀！

哪里还有再聚呢？

睡吧，往死里睡吧

我的兄弟

# 一个悲伤的男人

一个悲伤的男人在地铁口哭泣
不是默默流泪，而是号啕有声

那是北京留给我最深刻的印象
北京的地铁口另外还有
还有外地妇女抱着幼童问你要发票吗
还有盲者弹着吉他歌唱，一些零散的钞票
放在脚下的一个写着红喜字的
搪瓷盆里
但是，他们都没有哭泣

一个悲伤的男人哭泣应该有很多种理由
没有人问过他
没有人路过他的时候，放慢脚步
没有人认为一个悲伤的男人
也能让人记住北京

# 有寄苏州

我是走马观花的人，我
承受不起，二月的雨
每一颗，都记着滴水之恩
我，负不起责任
春寒覆盖全城
而你衣衫单薄
为我哭泣

我终归要回到冰雪融化之前
桃花未开之前
春天之前

你同时拥有青梅竹马和白头偕老
命里注定你的房前屋后
有竹子也有梅花
你的城里居住过沈万三
五花马千金裘都去了
只剩两棵古代的玉兰
每年要早早缴纳
雪白的银两
谁捡了就是谁的

她的主人藏在
湖水之下

记住，我说的话
江山无限，你有这些就足够了
而我，用泥盆饲养森林
我靠这一点绿
熬过北方的冬天
我有这些就足够了
太多的，我拿不起也放不下

我们是互相做减法的人
浮华，名利，能不想就彻底不想了
敷衍，搪塞，找借口，能少一次就少一次吧
把烦琐的玫瑰都简化为单瓣格桑
随意开在路上吧
如果每一朵花除了开花不再有引申意义
生命将如鸟鸣一般轻松

我们每一天，都应该在不同的枝丫上
庆祝良辰美景
每天都像生日
每天都像遇到了爱情

# 朋　友

这个名词，与酒肉一起摆在桌面
其实，仅仅是一道素菜

我的朋友是这样的：
有青翠的各色，不与动物的肉同勺

安静。安静极了
没有誓言，不说两肋插刀

也许，仅仅是合胃口

# 不明物

餐后收拾妥当，一片不明物要人认领
"哦，止疼片。"母亲挪动着病腿来取
"不，是我的，阿莫西林。"父亲咳嗽着伸出手掌

而我以为，这是我昨夜拿重复了的安眠药

# 人工湖

我一直不太喜欢，每天途经的
人工湖
这风景的傀儡
这被羁押的水滴们
太阳照进湖水里
泛出镣铐之光
有风吹过
它们哗啦哗啦地响

泉水清澈
溪流奔放
大海苍茫
就连雨水也是自由的
可以上天可以入地
可以借风暴，示爱和愤怒

可是，你总是面无表情
爱也不敢爱
恨也不敢恨

# 失 眠

这次失眠是物质的，很具体
一只蚊子，来历不明
关了灯，它在黑暗里
开了灯，它还在黑暗里

我退让出床布和竹席
退让出枕头和未完结的梦境
仅仅坐在沙发边缘
与它对峙。或者共度良宵

**2015 年 6 月 8 日**

# 麻 雀

我活得更像一只麻雀
生死都无关乎森林

都知道我比孔雀缺少的是
一件外衣而不是，五脏
在广袤的秋野寻觅秕谷的时候
我从不声张
那秋色！满地金黄

# 落　款

用篆书，用和田之石
不多一笔，也不少一笔
名字的疼刚好到达骨缝

红印泥一定揉入了朱砂，才让我的手
不颤抖，不犹豫，不善罢甘休

人间，横不平竖不直
我已习惯

记得我的名字或者忘掉，随你
我只负责让红梅别错过白雪，让荷塘别错过风雨
我只负责，让两个抽象的汉字握手言和

2015 年 1 月 11 日

# 喧嚣之种种

有人喜欢装扮成君子
道貌岸然。有人直接
饰演小丑
习武之人，操练十八般武器
行文者，双手写梅花篆字
乞者，唱
饮者，号啕大哭

这是我无法完全退避的时代
我待在舞台之下
热闹的阴影里，看到不断有人
摔下来

# 回 归

我再见到你的时候你一定是老了
那年轻的女子并未抛弃你
但是你爱的是她的花朵
而她在秋天爱上自己的果实


你的牙齿原本就不好
你老了的时候，酸的甜的都怕
我已经变得松软而粗糙
你用很钝的刀就可以任意切割


玉米面发糕的气孔里充满回忆
青玉米长得多么缓慢啊
红缨露头的时候，我们还一起剥出过
那些不成熟的颗粒，一转眼就老了


老得不能再老的时候
你就回到了我这里

# 画　君

江山忽隐忽现，我得让你在我的画里
占山为王。粉黛三千都是你的
西风瘦马也是
凡是你贪恋的，我都成全你
这一笔清风明月那一笔十里桃花

我画呀画呀
直到画面乌黑

# 苦尽甘来

我尝试用很多种水果来表达词意
榴梿庞大而石榴琐碎
苹果由内到外
都甜透了

那些历尽磨难的日子啊
到底把苦
藏到了哪里?

# 反　锁

我活着的时候，喜欢把家门
反锁
防贼，防盗，防梦游的人
也得防备那些丢失的
钥匙

我死去的时候，也一定把坟墓
反锁
不收歉意，不收偿还，也不收
酝酿良久的泪水
不收花朵
无论是百合 还是玫瑰

# 星期六

我最喜欢星期六早晨的睡眠

梦到赤脚在原野上撒欢

或者迷路，也不着急

遇到酒旗就坐下来，仰望杏花

前不着村，后不着店，也不用害怕

老板娘颇有姿色

她愿意是狐狸就是狐狸

她愿意是神仙就是神仙


我最喜欢星期六炖的羊骨头

从容不迫，味道纯正

如果忘记了买茴香，我就再去一趟

菜市场

想打车就打车，想步行就步行


我最喜欢星期六的社会

道貌岸然的人都在休公假，那些难为人的

单位，都已人去楼空

就连主治医生，也不在急诊室

如果不小心生病了

想吃药就吃药，想扛着就扛着

我最喜欢星期六的爹娘

切葱剥蒜，清洗鱼头，给我们

挨个打电话

喝点小酒不忘量量血压

散步回来还要做做按摩

对门口的广场舞大妈持包容的态度

窗户想打开就打开，想关上就关上


我最喜欢星期六的儿子

去北大体育场投三分球

在地板上布置他的水星

我从来不在星期六跟儿子谈仕途和

学习成绩

我希望他们像我这么老的时候

也不会后悔这一生

想走就走，想停留就停留

# 帽 子

先用来遮挡紫外线
再用来遮挡额头上的皱纹
现在，用来推迟染发

麦草的帽子啊
你已经有了妈妈的头上
老年的味道

# 忏悔辞

青山满目
不想占山为王是错误的

额木特河水清澈
不去看自己的倒影是错误的

穿街上流行红裙子拒绝你的爱
是错误的
用剪断长辫子的形式恩断义绝
是错误的

薄情寡义是错
一往情深还是错
没有你的时光
我都用作了一场漫长的忏悔
梦境之狐狸
在老房子，幽暗
我先后看到了老鼠，兔子，和狐狸
用西餐叉，忐忑地刺过去
没想过她是妖孽
也没想要她美丽的毛皮

那么轻易，她就死了，死得鲜血淋漓

我跟我的梦解释
请原谅，我父亲属兔，我母亲属鼠
我可能误杀了一只悄悄路过的
狐狸

# 甘　草

不停地咳嗽，不停地含服甘草
淹没多少茉莉花呀还有栀子

又香又甜的时光
你见不到我
我也见不到你

# 镜　子

门口的穿衣镜
很包容
稍加遮掩，神都看不出来
我早已没有了　细腰

浴室的镜子
最不讲情面，也好
我用冷热水交替，把自己
洗成一片杀气腾腾
趁着镜面满是雾水
我就穿好美丽的衣衫

你呢你呢，我的亲爱
你的双眼藏着犀利的镜面
我不想与你讲和
也不许你雾里看花

我要剥夺你的光明，请闭眼
再多的镜子，只要置于黑暗中
都是形同虚设

# 破 碎

我不是故意的
没有愤怒也没有悲伤
只是不小心，一拳砸碎了自己
我想看见消失
此前我因恐惧消失而备受折磨

成千上万的暴徒在地面上的碎片里现身
她们也是这样，长发凌乱，面色苍白
酒精和咖啡因侵蚀着她们的灵魂
她们一起反悔了某一个原谅

这没有什么
我安慰内心惶恐不安的那个小女人
收拾残局吧
把那些锋利的隐患都清扫出门
从此荆钗布裙素面朝天，不再信任一面镜子的批评和修正

扔得远远的　最好让风吹散
任何一片都不要妄想，破镜重圆

# 候机厅

涂橙色唇膏的女郎坐在我对面
候机厅的沙发显得有点旧

每次托运完行李，我的心都空荡荡的
这一次，甚至有点不安
手机就要没电了
地面上的人，是否拿出了纸笔
是否记下了我的电话号码

# 密码锁

密码锁是认真的
当我记忆出了错

那只箱子内部有了盗贼
他不管白玉兰花毛巾的洁癖
也不管粉红睡衣上的孤独症
他听见磨砂杯里的玫瑰茶在大声呼救
而快要用尽的香水瓶
灌满了春风

当我的记忆出了错
密码锁是认真的
盗贼大摇大摆深入其中

# 失守的秋色

慕名而来的人
肯定不会局限于一束紫云英

有人要摘五角枫的红
有人要捧走翰嘎利湖的清澈
有人用风筝掠获浮云
有人伸开双臂，抱了又抱
我的蔚蓝

这金黄的藜麦田空无一人啊
这匍匐遍地的牧草没有收割者啊
风也做了强盗的先遣兵
她转身呼号，森林里潜伏的
千军万马
亲爱的，我将怎样体无完肤
应声倒下

慕名而来的人
肯定不会局限于一束紫云英

# 中年词

## 1

摩肩接踵，已经算不上拥挤
菊花已经拿不出手
秋天就关在心里
修篱
已经不是怕　失去

## 2

自己成为风景
乔木高大，灌木矮小
芨芨草也有可辨识的平常容颜
苍术匍匐遍地
我确信
阳光和雨露，自始至终
爱着她的　微不足道

## 3

喜欢茶，渐渐超过喜欢咖啡
喜欢透明玻璃杯，渐渐超过景德镇的
旧瓷器

喜欢清明前龙井的两片嫩叶

渐渐超过，喜欢

农历八月华北大地上的一树

金桂花

4

如果你真的不嫌弃

就拿去吧

如果你真的如获至宝

就收下吧

脚上的茧，和我去过的远方

手掌里的纹路，和我与众不同的命运

心，以及心上的人

肌肤，以及肌肤相亲过的唇齿留痕

你要彻底，毫不犹豫地

爱这完整的一个女人

春夏秋冬，不分晨昏

5

终于能释然

故乡，不过是曾祖父闯关东的途中

决定在那片依山傍水荒原停下来

安营扎寨

我活着的时候一定要去一次山东济南府
我的曾祖父当年是从那里
出发的

我不想寻祖归宗
我只是想在死后不再比较
此地，彼地
也不再纠结
应该守望家园，还是应该
走遍山河

6

我小的时候，憎恨过祖母的吝啬
青春年少的时候
厌烦过祖母的唠叨
比如她说，白马红缨颜色新
不是亲者胜似亲
比如她说，一朝马死黄金尽
亲者如同陌路人

走过半生，蓦然发现
那个没日没夜修整院落的老人
那个见孩子们睡懒觉就破口大骂的老人
那个逼迫孩子们放学后要捡粪拾柴的老人

那个曾经背着孩子也要上扫盲班的老人
那个不厌其烦地在自己腿上搓着麻绳的老人
那个死后留下满满一柜子布鞋的老人

只有她
才应该是我的祖母

## 7

在我办了会员卡的那家美发厅
经常遇到的一个青春美少女
第一次遇到，她就脱口而出
阿姨，您年轻的时候一定很漂亮

我几乎不记得了，我说

我挨着时间等待美发师
把我的白发染黑
而美少女拿不定主意
黑头发染成金黄
还是酒红更好

## 8

你喜欢灯光下看我
而我热爱彻底的黑暗
你喜欢我呼唤你的名字

而我喜欢沉默地抵达结局

我的爱情，已经有了禅意
并且脱离了所有的声色

## 9

我说不清楚，这小城到底缺什么
吃早点的时候，她缺一家"宏状元"粥铺
散步的时候，她缺一条贯城而过的河流
想约你来的时候，她缺精致的外滩"本帮菜"
想喝一杯的时候，她缺午夜的后巷

小城里活得悠闲自在毫无压力的人们
在酩酊大醉里唱歌，烧烤
再灌入冰镇啤酒
一直折腾到呕吐回原来的空虚

我从这小城离开过二十七年
而我终归，还将要离去

## 10

舒婷写过的橡树，在小区的楼下
被叫作"柞木"

众多的树种之间，它的叶子落得最早
白桦仍然是挺拔俊秀的
柳树仍然是风韵犹存的
只有柞木，瘦骨嶙峋，未老先衰
这是天生的　诗人体质

## 11

我每次坐在湖边看到的水鸟
都是成双成对的

我认为人类的形影孤单会让水鸟
大吃一惊

## 12

昨夜我把若干怕热的果蔬放在
通风的楼道里

我怀疑一只老鼠带着他的新女友
在我的纸箱里过了一夜
没有电梯卡，他们从楼梯爬到九楼

老鼠先吃了我的胡萝卜和茄子
老鼠的女友甚至尖叫过：
哦！亲爱的！
这儿还有那个女人的梨子和苹果！

今早，我把整个纸箱扔掉的时候
像扔掉一个夜不归宿的男人

## 13

窗外的田野都黄了
庄稼地被收割一空

我抱紧了室内的几株植物
我用清水和肥料对她们大献殷勤
这惶恐凋零的秋日啊
你真的不知道，我有着众所不知的怯懦

## 14

北方供暖之前的一周时间里
我总是幻觉，这是一场穿越剧

我是王的三千佳丽之中
最不善讨巧的那一个

我被打入冷宫
日夜等候，有人识别蛇蝎之后
回心转意
从龙辇上走下来
拉住我冰凉的双手

## 15

写诗，画画
仍然免不了羡慕他人做的事

有一个幼儿园的男园长
他说，有一天一个孩子跑到他的办公室
让他把剥开的香蕉皮缝好
这多么让人羡慕啊

有一个培植珍品兰花的中年女子
她说她爱兰花，是因为兰花如草
一个生命的与众不同，是在草芥之间
修出芬芳
这多么让人羡慕啊

## 16

旧居的矮墙上坐着一排老人
其中有我的祖父

新居小区门口的旧沙发上坐着一排老人
其中有我的父亲

等我老了，我会在哪里呆呆地
坐着

## 17

秋天的太阳啊
树叶枯黄了，蔷薇也落了
母亲晒在阳台上的萝卜白菜都可以
收起来了

你还虎视眈眈地不肯罢休
把我的母亲照得
眯起眼睛
额上聚集了更多的沟壑

## 18

传说，代钦塔拉的五角枫
是一位远嫁的公主带过来的
每一个恍若重游的女人
都有可能
是她

特别是在北京西山看过暮雪
喝过樱桃沟泉水的
把科尔沁说成故乡的
女人

## 19

清晨空荡荡的，雾里的朝阳
粉红的气球一样
可能被风吹走

小屋子变大，藕色的菊花骨朵
已经错过了秋天
错过了也好
你跟我一样
命里有雪

## 20

每天
第一缕光束让我迷恋
我确定我发呆的时候不是以诗人之名
也不是分裂症患者
只是童心复活，看得懂尘埃的舞蹈

我与她们手拉手
农妇说收成，平整的场院
渔女昨夜补网，衣裙咸腥
误入荷花的，用鹭鸶的声音
唱着闲愁
我终于是牧羊姑娘
这光束一甩，就有了成群的牛羊

# 甘草解

这个冬天，食甘草
亲密到肺，到支气管，到一切可以引发
咳嗽的缘由

为此，我忽略香水、脂粉、口红
忽略名字里的颜色和气味
咀嚼和呼吸
一个叫甘草的男人

真正的爱并不是为悦己者容
被一句话欺骗多年后
我终于，蓬头垢面地爱了一次
然后我试图挣扎着戒掉
甘草

高热惊厥，四肢生疼
像所有的戒毒过程一样，痛不欲生
春天，就重新播种吧
我等你枝叶繁茂到逐渐衰老
彻底失去水分，再投入
砂锅

我就看着你，被煎熬
而你肢解了深仇大恨
一片，一片
被中医鉴定为
性情温良

我愿意一直咳嗽
掩口皱眉，东施效颦
料定你不屑于红尘里风情万种
你蛰伏于乱世，众里寻她千百度
那弱柳的模样
咳出半口鲜血的美人儿

# 一匹马

一匹马，被搁置在时间和速度里

一匹马，从此不被"忍辱负重"一词来形容

一匹马，不再有长路，需要一日千里

一匹马，不再有

马革裹尸的悲壮


等不及老骥伏枥

也没人再期待老马识途

古道渐渐被西风占满，再瘦的马

也挤不进逝去的光阴

一匹马，霸气冲天后的低头一瞬

我与他，一样满眼泪光

我想起故人

一匹马用仰天长啸，喊出了

他的新西兰

# 转世之藕花

从那以后我没有再跟那幢楼
对视
只记得那个早晨我还没来得及
吃下第一个软面包
时间到了八点二十五分

那幢楼的阴影越来越大
越来越大，太阳站在那幢楼身后
挺他

大脑一片空白
随即在空白处，出现一句
误入藕花深处
宋朝早已烟消云散，何必
因为才华
多恨了我这一千年

# 饥饿感

我摸了摸那几块饼
中原的沃野都在这里了
劲道，香甜，跌落过剩余的花粉

每次都是这样
一进机场就开始有了饥饿感
得有个人爱我，帮我把行李箱塞满
甜点心，巧克力，杧果或者一颗哈尔滨红肠
我一边吃一边撒娇
像一切恋爱中的小动物

现在都剩回忆了
呼伦贝尔机场的黄昏很黄很老
五月也没有春天的样子
空旷的玻璃窗上有我的样子
衣衫宽松，头发凌乱
我不是故意的。因需要食物
我飞快地巡视四周
终于发现有一家，"完山牛肉面"
那个角落　檀香，麻辣，热气腾腾
我第一次如此迫切地需要

食物

在将近二十个小时没有进食之后
我主动放弃了寻找
一碟叫作"荷塘月色"的小菜
弄堂的笋片和白斩鸡，以及清蒸鲈鱼
还有那么多，我们一起吃过的江淮菜
从我们的一生来讲
北京莲花池
不在南方也不在北方
过往和未来对我的饥饿感
都无济于事

# 安　慰

那一天，众多人安慰我
人们的安慰各不相同
羊肉片，麻油，葱姜蒜
"红城1947"真的算得上是
一瓶好酒

那一天，我们谈论
一瓶好酒需要具备的品质
必须有
粮食的纯朴
固体升华为液体之后
经得起各种
晃荡，要把每一道程序的秘密
守口如瓶

那一天
我们也讲了喝酒的游戏规则
绵里藏针也好，一线入喉也罢
该喝，就得喝了
就没看见过哪个好汉
起开了瓶盖
又把瓶子封上

# 看　花

母亲问起我那些花的名字

榆叶梅，小桃红和紫丁香

母亲信任我，像信任一本百科全书

母亲盯着我看了又看

我就挺胸抬头，尽量舒展笑容

你看

我还不比那些花儿

逊色太多

# 榆树钱

那些藏不住的成串的密集的
榆树钱儿
全部都是我姥姥家的

只有我姥姥才有那手艺
把榆树钱儿和在玉米面里蒸窝头

我姥姥去世这么多年了
榆树钱儿
就这样被世人浪费着春天
直到她们落地，不知去向

# 天鹅肉

春节之前，一位北方的朋友
送我一对野鸡和一只天鹅
养殖的野味也算是野味吧
野鸡烹了，给父亲下酒

但是，天鹅
我不知道送给谁更合适
或者跟谁合伙炖一锅天鹅肉
消灭洁白，忠贞，高贵
嚼那些硬骨头，从此就算
闯过了江湖

二勺，你陪我吃天鹅肉好不好？
他说，不好！
我又不是癞蛤蟆！

# 母亲去湖边散步

母亲的背影比母亲还苍老
白头发被风揪出来之后
更白了
棉衣臃肿，围巾滑落
母亲一瘸一拐地
去湖边散步

一条近路，她还是走走停停
她的目的地是湖边的一块青石
青石底下藏着她的蒲草垫
她坐在那里晒太阳
有时候，上午去
有时候下午去

天天风和日丽吧
母亲好去湖边散步
一块青石，是她唯一的驿站
让她看到的奔跑，都成为她的奔跑
让她看到的幸福的人
都成为她的儿女

让铺天盖地的阳光告诉她

偷偷跟在身后的人

多么爱她

# 鹤望兰

秋天的终结者，手举流火之剑
急需刹那寒凉，铸就利刃
才能割舍
夏日里多种不甘

没有任何新绿遗忘在山谷里
假以时日，连枯黄也将消失，大地
回到朴素和干净。你这准备飞翔的肉身
不再想与谁交颈而眠。你也彻底放下了
非黑即白的论断。朝云的橙红晚霞的绛紫
你都试着接受

再出现四月，一定是春天的倒行逆施
一定是有个人要复述谎言，或者破解相遇的
密码。别再往北飞
四季轮回都不值得一错再错
别忘记，神曾经命名你为
天堂鸟

# 稻草人手记

秋风也没说什么，庄稼就整齐地倒下了
五月的秧苗
是的，每一棵秧苗我都爱过
每一棵秧苗都有过我的盛夏
现在，她们匍匐满地

秋天，是我的更年期
群鸟在我耳边轰鸣。有没有伤心事
清晨的眼睛却挂满露水
身体开始干枯，灵魂开始健忘，身体和灵魂偶有
对话，都会不欢而散
很多时候，灵魂不在此，天那么高那么蓝
我追不上

每一片落叶都自投罗网
他们的罪行脉络清晰，不容分说
草木都在逃命，来不及彼此搭救
跟他们比，一开始就心灰意冷的我
反而从容
我在腐朽深处面对腐朽
在死亡周遭等待死亡

对空无心肝的稻草人说多少爱才够用呢
捶胸顿足也不疼。我站在原地过冬
我等雪来，清算给我白花花的银两
我爱的人啊，如果春天你还能经过我
给我带一件绿色的衣裳

# 半 面

从一张脸开始
节制地使用听觉、嗅觉和语言
给另外一些黑发留有
足够的悬念

杜绝眉目传情，也放弃息息相关
甚至亲吻，无从开始的甜樱桃
你猜，我的那半面
是否还有春风拂过？是否能
长生不老？

一切结局都被我，一分为二
好的坏的不再绝对
我后来不愿意被冠为校花，美人儿，才女
恐高，孤独，各种 hold 不住
哪怕抓住一根稻草
不管他救不救命，我都愿意
与他平分秋色

过了九月就安全了。在北方赞美花好月圆的人
都忙起来。搬运萝卜白菜，煤块和火种

谁都不再参与街谈巷议
我隐藏的那半面，渐渐呈现
装扮菊花，西风，被繁华湮没的
古道
爱我的人，双手托举完整
沉寂的大地上
月光皎洁

第四辑　我走过的人间

# 天津·后巷

我想起后巷的时候
其他街巷都是空的
喧哗都是静的
酒水都是投放过迷迭香的

灯光昏暗里，麦子弟弟唱完了那个夏天
我和非非一直喝到，一座城的繁华开始疲惫
面色苍白
我们凝视着彼此一夜间的苍老
拥抱里，时光的马匹突然一动不动
性情温良

蓄长发的男子背影，好看的牛仔蓝
妙龄的少女，羞怯的腰肢藏进宽大的亚麻衬衫
尽管喝吧，后巷没有心机和老谋深算
没人仔细分辨风韵犹存还是
徐娘半老。有人送你十元一枝的玫瑰
你就说出奥古斯汀并表示
有多爱枯萎的香槟色，那些纯净的嘴唇飞出
频繁的热吻，在清凉如水的夜寒里
涌动的暧昧都被善意地接受

谷子和桃花，也曾经在后巷歌唱过
那些不能记住名字的歌者，我都用草木标注
还有乐器，从吉他开始一字排开
直至马头琴、图瓦鼓、喝空的酒桶
鼻子发酸，空气里飘满了
会哭泣的、被拉长的、形影孤单的词语

座位上的你我面容模糊得
像似曾熟悉的一幅肖像画，绝不深谈
一个夜晚紧接着一个夜晚
我们听着那些纯净的嗓音

在没有白昼的后巷，我们用酒，用咖啡香烟
用漫无边际的光阴
赞美田野，乡村，清澈的河水
其实我们都知道，后巷的一半属于虚幻
而另一半
只有那个叫老何的男人知道

# 黎明前的泸州

粮食睡着
酒也睡着

远方有饮者照旧写他的浮世
那些句子
参差不齐，人间那些走不平的归路

凌晨四点，黎明前的泸州
一株初相识的植物借着路灯
亮出名片

鬼针梅，想开花你就开花吧
想爱，你就爱吧
施蛰伏之功
让闻香的人，走火入魔

车过长江
昨夜的明媚后悔成暗流
所有的波浪都推迟了行程
谁还能无动于衷

当一座城池与你推心置腹
敞开了她醇香的怀抱
谁还能忍得住，热泪盈眶
当四百年红尘侧身而过
泸州呵，
我也要趁清风未来
夜雾未散
频频回眸

# 拉市海

一个以海自居的湖
注定生不逢时
怀才不遇

生生世世映照赶路的云
停不下脚步的云
还要走古道
还要爬雪山

我们像云，路过
拉市海的时候
我们彼此赞美
水中的倒影

# 茶马古道

古人想象不到
我将出现在
十二月的桂树下

微风清寒，苗绣上的粉红
打了个冷战
茶山就开始准备春天了

镶边的短袄，头顶的银
一截细腰
采茶的姑娘开口唱
就是春色满山

那些走远的马队都回来吧
白马红缨
人生得意
那些有去无回的行者
都醒来吧

# 玉龙雪山

有路人不敢翻越的高度
马蹄也停在一座山的底线
青翠仰望洁白
含笑开不开出雪的颜色
已无关紧要

椎体，棱角，不可一世的冷傲
不仅仅是海拔决定的
有流水偷渡出曼妙的曲线
斜坡上绿草如茵

知道不会再与谁一见钟情了
也不能过多回忆
那些水深火热

若想热泪盈眶得销毁
多少次青春年少时候的
冰清玉洁
若想柔情似水，得有多少次
粉身碎骨
投进你的怀抱

# 走过醴泉广场

广场的张灯结彩
穿新衣的人
流窜的糖葫芦
都不见了

那晚的烟花，更像梦了
每次回忆，她们都隐匿了爆破声
好像花儿开到了一半
悄悄地悔恨不已
转身
跳入深渊

月亮时圆时缺
水调歌头太高亢了，而那首抒情之歌
已经失去首唱者
我说过
别用这么善变的事物代表你的心
我喜欢星星的模式
要么，一动不动
要么，一去不回

# 阿尔山

那些人用赞美，诋毁了最朴素的
柳兰花。我只字不提
阿尔山，是我深藏的闺阁
雪的白樟子松的绿
各有引申


驼铃


祖先留给我们的黄金，都被驼队带到了这里
塔克拉玛干的烈日，让这些金子融化、流淌、有时聚集
成丘
它们占据了过往所有岁月，并缓慢而稳妥地蔓延


而驼队不知去向了。骆驼客的后代牵着温顺的骆驼
供游人们拍照留念
骆驼被打扮得花枝招展，但它们仍有坚定的眼神向远的
张望
它们仍有朴素的皮毛，它们仍有厚实的脚掌


这在沙海停靠的小舟啊，仍然时刻蓄满体内的水分和给养
等待远方的指令，准备起航

没有被更改的唯有驼铃，用吉祥的红布系在骆驼的脖子上
响声悦耳
驼铃的叮当声能穿越整个沙漠，也能穿越所有时光

骆驼客，到底走多远呢？
塔克拉玛干，掩埋了一条路
骆驼客用血汗和生命开辟出来的一条路

驼铃，以歌唱的方式指引了这条路的方向
骆驼从不奢想千里马的风光，它属于这条路，这条路属
于它
这条路，丝绸走过，瓷器走过。
黄金和皮毛走过，甚至细小的花椒、胡椒和盐粒也走过
当然，爱情，也走过
这条路险象丛生，但走过的物品，万无一失

驼铃一路向东，在瓦罕走廊响起
那风中的合奏曲带领着驼队翻越葱岭
途经喀什，经和田民丰，穿大海道，越星星峡黑戈壁……
这条被掩埋的路啊！
得有多少场风雪交加，得有多少次悲欢离合

走近骆驼，听它慢慢地咀嚼
像一场长谈，从父辈说起
谁是系铃人？我的手从这平滑而结实的扣节经过
已经不再有打开它们的欲望

# 飞 天

脊背是凉的，我起身石壁的时候
春天还在刻刀下深睡不醒，我需摘下头顶的牡丹指证盛唐
我需衣袂飘然，才能让风挪动线条
在刀印与刀印之间
我有了两肩的消瘦，也有了腹部的饱满

祥云不断地飘走
有一些再次飘回来，有一些沉入更低的山谷
有雁群被惊扰而起，是我反弹的琵琶
流水和声，自上而下
西出阳关啊！故人在此，西出阳关

你看到的是笔墨，线条，朱红和天青
你看到的是双目微睁，肤色妖娆
我经历的是斧凿刀刻，石缝里呼啸而出的疼
咬紧牙关时，石头与钢铁的碰撞
千年的暗夜里，连尘埃都结出菩提
冰峭之上蓝烟初暖。该见天日了

该见天日了。我只动用岁月里斑驳的衣带的一角
那拂面的东风！便如此惊艳

我不近尘世，喧嚣会乱了我的曲调
我不腾云而去，那里高处，不胜寒凉

我一直赤脚踏莲，闲指兰花
悬崖下有唐朝出塞的弓箭
远方，有长安

# 锦溪夜行

## 1

高跟，是多好的借口
黄蛾黄找不到借口，也要震慑一下
那些穿鞋的

车前子晋升为车前爷后
拐杖也配置了翅膀

## 2

走吧，这些被白昼囚禁的脚
一直走尽这小巷，再上石拱桥
说锦溪往事：
水面上喊出：卖栀子花哟……
乌瓦之下，有竹篮垂下小窗
那些没有物证的情节，就在前方

我们是赤脚追赶的人
嘘，往事的主人都已入睡
白发翁媪，睡得静悄悄的
没有一声年迈的呼噜，也没有梦里

小声地，对世道的咒骂

### 3

他们的子孙，仍然有清冽之水

洗衣舂米，濯足净身

锦溪的女人，有资格保持洁癖

有资格保持绣花的姿势

弹琴的姿势

穿旗袍举油纸伞的姿势

当然，也有资格

光脚走路

嗒嗒地　嗒嗒地

追赶五百年光阴

飞奔的姿势


2017 年 7 月 30 日于上海虹桥候车大厅

# 苏州北

回程里没有了苏州北
我到底遗憾什么？

没来得及，打量草坪上
那些背井离乡的人
是否与我
沾亲带故

我原以为会有人挑担
在空旷处，叫卖水乡的莲蓬
那六月的荷花，肯定会有几朵
别样红过。甚至能想到
那些保持洁白的藕
拒绝呈现，局部藕断丝连

不允许刀斧通过安检口
苏州北的夏天
因此完好无损
哦，我退了车票

我断定自己更喜欢，苏州北

树木不曾被园丁修剪，而紫薇凌乱
与皇家园林尚无瓜葛
但是，接站的，叫冷眉语的女子
颈椎里藏有大家闺秀的隐患

广场辽阔，够相见恨晚的剑客
飞身上马
然后的举动，有些江湖
酒肉，还有朋友
江南，平躺在盘中

以后，这里也会被喧嚣吞没
被繁华俘虏
枝丫和草尖将全军覆没于
未来的规划

敢与我攀亲叙旧的
是在苏州北逗留过的
候鸟

她们会一直保持想唱就唱的自由
在并不繁茂的枝叶间
跳跃穿梭的自由

而所有离别都听从了

时间的安排

赶往别处

苏州北，背景音乐仍然是

喜相逢

2017 年 7 月 31 日于 D941 列车上

# 兰州雪

风从巴颜克拉山北麓吹出一串口哨
雪花，都是得令的勇士
他们身披银色铠甲，手持六棱短刀
兰州雪必须以大如席的气势落地，才可渐渐
覆盖
白塔浮云
日落长河

兰州雪里有飞天舞袖，锌白、淡墨、天青色
吴带当风，再调赭石、胭脂
琵琶有声，返回云中
一树老梅，嶙峋之间吐出新秀
兰州雪里，汉代的彩陶仍然有五千年前的妖娆
百年的铁桥仍然是上游的卫兵
落满绒花的雕塑，仍然是母亲当年的芳华

春风，就在玉门关外徘徊吧
羌笛，就在远方的竹林里等待吧
现在能随着黄河转弯的是大雪啊
能随水车转动的也是大雪啊

一些底色，是时间遗留下来的
庄严寺一径苍苔点出墨绿
潭光幽深涂抹些许蓝紫
残红撒出秋花落的古意
这一切历尽初夏秋冬的铺垫
都是为了配合一场盛世的大雪
向黄河进发
向天山进发

一座叫皋兰的古城，在雪中复苏了她的
万种风情

2019 年 1 月 10 日

# 守沧海的人

今晚的月亮被渔女举高，形如
刚刚与母蚌分离的，珍珠

那光芒，令我眩晕
令我看清了铁锚和船舷
令我关注一只白鹭与另外一只白鹭的
团聚。白与白在月色里相互渲染
相互亲吻，相互消磨，相互妥协

我说给你听的话，波涛又说了一遍
并且帮我把冗长的表达层叠起来
排列有序，月光蕾丝制作了花边儿
微风一吹，就有致命的诱惑

得有多少倾慕者在此打算过
以身相许。像浪花冲向岩石
一个笑语，粉身碎骨

宋人的脚印还在白沙之间
明月几时有，还可以再问一遍

哦，我不想成为咏月的诗人
在阴晴圆缺里陷入语言的迷宫
或者跳进那三十万公里之外的虚幻
我要现在，眼前，来不及分辨
月光之刑还是良辰美景

若你当年确实说过要漂洋过海来
我仍然是人群里最后离开的背影

所有路过的人，都把我当作了
守沧海的人，海面上所有金黄的碎片
都是我无法打捞的缺失

你们的月亮在天上
而我的，将渐渐沉入海底

# 水　路

琴声，走水路
长弦、短弦，有各自的波涛
几经周旋，贴着斑驳的青石墙落下来
没有表达完整的音符
钻进断藕，好听的序曲在水下发芽

你，走水路
让船家慢慢摇橹，试着把酒临风
桥下可以看莲
抬头可以看我

七夕的云河水流缓慢，走着走着
时光就旧得发白了
蓝花的棉被白了
新娘的嫁衣白了
亲爱的你，头发也白了

# 翻　新

绣鞋踩着桃花的红泥
宋朝的雨，不断地翻新一条街
客栈的红灯高挂恍如隔世的名字
灰墙和乌瓦，在黄姑塘村
突然有了
明亮的倒影

乌篷船有了红顶子
巷子口有了脆生生的关于栀子的叫卖
吴侬的尾音从船舷，落下去
春风，翻新了护城河的波纹和水下的锦鲤

石板路还是石板路
拱桥还是拱桥
青苔和翠柳，翻新了《忆江南》

你用白马，翻新来时的扬尘小路
我身披绸缎翻新草色青青
把沉睡的清朝和民国都依次唤醒
我们就能退行到，人生的初相逢

# 鹦鹉说的话

我爱你，鹦鹉说的话
鹦鹉说的话和黄莺唱的歌，你都喜爱
我是一只起早贪黑在云河上飞旋的
笨鸟

我没有好看的羽毛
也没有捕鱼的本领
我逆行于风雨，在晴空万里之下羞怯地
隐藏于竹笼的阴影

花鸟坊。被囚禁的金丝雀那么多
主人，什么时候能轮到我
啄食你掌心的秕谷，啜饮小葫芦里的清水
我也能养一副好嗓子

三生太长，无从说起
黄莺的声调太过婉转，我怕惹得月河
涟漪四起。饮酒的船家惊慌失措
杯盏零落

主人，你只教会我一句就行
我要说一遍，鹦鹉说的话

# 蚕

我把整个春天，新鲜的叶片都给你
我在江山的背景里，日渐消瘦
你擅长蠕动和咀嚼
从亲吻到吞噬，有条不紊

所剩无几，但脉络清晰
扁箩筐一次次倾倒残渣，那些爱情的证据
晨曦沙沙地响
晚霞也沙沙地响
亲爱的，你要把黑夜也吃光吗
亲爱的，你没有听到有绿色的声音
低低地喊出疼痛吗

一直不善言辞的你啊
在我的苍老里，你已经闭门自居
没来得及说出的钟情、贪恋，和海誓山盟
都包括在浑圆的茧里

在此后
笃信与疑惑交织
深爱与痛恨交织

生死契阔，经年转身
那一匹匹奢华的、绚烂的相思

适合裁剪成旗袍
与云河的女子恰当而贴切
举油纸伞，走多愁善感的雨巷
在潮湿的丁香紫里，抱紧我
千百个你，复苏

时光流回七夕之夜
我们再次成为蚕桑

2017 年 7 月 4 日

# 车过凤凰北

如果漫无目的，就在此站下车
陆地跟海水一定在此签署过协议
不起风浪
不投掷以石

所有恋爱的男女必须走情侣路
两旁高大的椰树决不允许
弯下腰，偷听

海风也不许泄露，远方的秘密
远去的船帆，全部由凤凰山
以青青相送

这景致里的严谨让我们离开的时候
总感觉，两手空空

# 别鹤壁

等下一次吧，我想跟你一起走
樱花路。春风十里啊
我是最胆怯的那一朵
我善于隐藏来时的风雪满面
咬紧牙关也不说，三月的乍暖犹寒

等下一次吧，我想跟女巫讨要
粉红的咒语。江山无限啊
我只要淇水最小的那个涟漪
能安放一次脱胎换骨的飘零
就已不需要借樱花的伤疤
重生

等下一次吧！我是所有佛前
还愿的女子。缘定三生啊
我只取所有流年里的一个春日
不用明媚，也不必芬芳
我只要一个最平常的春日
试着在古柏里再生出
一棵钟情的榆

香奴草就于20160910G71 次列车

# 郎木寺

去郎木寺之前
我对它神往，小心翼翼地神往

好像哪一天去，都很唐突
都是一种冒犯

喇嘛红的僧衣在太阳底下久了
能不能有烧焦的味道？
他们的黑靴子
终日穿着
是不是要去赴汤蹈火？

而我看到的郎木寺
僧人在昏暗的庙堂念经
一大片酥油灯散发出我从来没闻到过的
酥油的味道
祈祷者、参观者、游玩者排在
一支队伍里
按照一个方向往前移动
决不允许
走回头路

说实话，我有恐惧感
抬头与度母像对望的时候
我不敢说出我的恐惧
到院子里去吧，僧人的靴子全部站在
院子里
高墙之上，甘南的天空跟传说中的
一样
蓝

不敢确定，这是不是一场梦
因为别人说起郎木寺的时候
我又开始对它神往
小心翼翼地神往

# 夏天的青稞

锋芒还藏在叶子里
害羞的小颗粒不善言辞
阳光倾泻
以微风表达欲说还休

胸前佩戴松石的姑娘
名字叫卓玛
她们用洁白的牙齿乌黑的头发
两颊高原红
与皮肤黝黑的男人相爱

夏天的青稞被爱情扑倒
又起身
整理裙衫，装作若无其事

夏天重复着夏天
青稞模仿着青稞

终于瞒不过，时间的慧眼
爱情所到之处，都被青稞供出
颗粒饱满

锋芒毕现

卓玛一针一线缝制着小皮袄的时候
她的男人正磨刀霍霍
就要成熟了！那些
夏天的青稞

# 乌江，乌江

乌江，乌江
如果，爱，剑一般落水
我将以身体为刃
在此刻舟

# 乌兰浩特·二十九街

写给他乡的诗，你生气了
以杏花的方式怒放，并且
以下午五点的车水马龙惩罚了我
罚我穿着高跟鞋，横穿马路

真奇怪，我终于写到你的清晨
找不到三十，也找不到二十八
这好像陈子昂在幽州的预言
某个名词的某个范围
将前无古人，后无来者

二十九街，多年轻啊
二十九街，像弟弟一样春风得意的
少年
也像杏花的少女时代
必须说到草原马，闯入这空阔的黄昏
年轻的马匹
一会儿雪白，一会儿枣红

我们各自提着春风一束
轻轻抽打光阴

蔺相如的回车巷，老了
刘禹锡的乌衣巷，长满青苔
戴望舒的街巷，雨过天晴
就连老何的后巷，也回到了白昼

而我们的二十九街
才刚刚抵达春天的入口
二十九，是乍暖犹寒的小脾气
二十九，是分散一朵玫瑰的小任性
二十九，是一切都来得及的小从容
二十九，是一群特立独行者
在一起，制造刀光剑影的小江湖
致敬与被致敬
惩罚与反惩罚

二十九街的整个傍晚
无人谈及魏晋，无人说起唐宋
关于治大国，只出现一个词
指鹿为马

其余都是眼前，烹小鲜，喝科尔沁王
假想盘中餐与兴安的良田百顷
假想一条中年的鱼来自归流河上游
多好，多好
假想青翠的秋葵就能颠覆

朝露待日晞的乐府之诗
假想，这二十九
是我们倒流的锦瑟华年
哦，李白提议
青春做伴好还乡

# 我的目的地是一棵树

柞，或者橡
饮马冰河的英雄被埋葬在他的脚下
刀剑之锋，化为锥形的牧草
这注定，我需要一步步
化险为夷

察尔森
你在一首《致橡树》之外
锡箔图山春去秋来，你用绿、黄、红
做更深层次的表达
这爱，高于了爱
这拥有，超出了拥有

我曾翻山越岭，我曾背井离乡
为了诗中的橡树，我曾经误入歧途
空手归来
你却默默地站在我的身后

你的等待，以叶片舞蹈
以锦鲤遨游、春雷的呐喊
在我走向你的仪式里

两侧　草木皆兵

我走沙砾走尘土
我走针刺和荆棘
我走华北的雾霾走华南的湿热
我走黄河的九曲十八弯
我走秦岭的荒凉和馥郁
你见到我时我尘灰满面呀
你见到我时我汗流浃背呀

我的察尔森
我的目的地　　是一棵树
柞，或者橡

# 看 云

黎明看，傍晚还看，从粉红到橘红，再到百无聊赖的洁白。

有时候飞出鸽子和兔子，有时候飞出凤凰和龙，最美的是仙女之手，丢下缤纷的繁花，被风吹向大山的那边，夕阳将息。

我对云神往，已经良久。

这需要我轻轻卸下脂粉和假睫毛，长发、辫梢的雏菊，一切配饰和面部表情。

短暂的甜蜜和冗长的痛，歌声和语言表达。

听不到赞誉以及呐喊，把勋章，还给碑下的英雄，把伤，留给暗箭，把爱错的人，放回城门之外。

云有梯，轻轻放下，褪去绣鞋后一尘不染。终于回到来时，身轻如燕。

# 绰尔河晚霞

一条不善言辞的河
没有九曲十八弯，不需要纤夫和号子
不动用惊涛骇浪，就能统领两岸青山

白昼蔚蓝，黄昏火红
草木不再甘于青翠，云彩拒绝继续单调地
洁白

热爱五彩纷呈吧
在黑夜抵达之前，让晚霞
倾其所有地表达
致绰尔河之爱

# 俯瞰奇石

你不尾随攀缘者抵达山顶
你不盲从下山的队伍
回到山脚下

不摇头晃脑、眉飞色舞评说秋色
天高云淡，任他淡
层林尽染，任他染
你修中庸之道
映衬衰草和雏菊，以及行者半路放下的
无奈和哀伤

你失去棱角，并继续失去
变圆滑，并更加圆滑
介于隐匿与顶天立地之间
介于沉默与海誓山盟之间

接受一切居高临下者的俯瞰
而你
仅仅仰望苍穹和明月

# 泸沽湖

这个地名，要晚一点用
晚到云南的茶花开了，
落光了
晚到经历过今生所有爱，我仍然还坚信
在人群里
将有所遇

摩梭人不必了解摩梭人之外的
信仰。泸沽湖仍然澄明
有什么好解释的呢
我天亮就出发或者我一住下来
就是一生

一个不再喜欢写诗画画的女子
能做好的事情太多了，在泸沽湖
修鹊桥，卖油纸伞，或者给外来的书生指路
没有生意的时候，我一个人绣花
绣燕子绣茅屋
绣一条山重水复路

# 杜鹃湖

我们到来的时候，红色已隐匿
叫作杜鹃的花又回到母亲腹中
叫作杜鹃的鸟彻底医治好咯血的老毛病
岸堤由紫色的悬崖菊把守
水中铺满粉睡莲
杜鹃这两字
放弃了盛夏和围观者

杜鹃不解释
杜鹃也不争辩
夹在其他的绿色之间
杜鹃树的绿，有点尴尬
众人谅解了所有绿色，唯独对杜鹃的春天
穷追不舍

你看，这就是杜鹃
你看，这就是杜鹃
我猜杜鹃在五月解去罗衫的时候
已经决心
从赞美和诋毁里
同时逃脱

# 所　剩

谁带走了你们？被抚摸过的花朵
惊于烟花的鸟鸣
伏倒于车辙的牧草
还有紫云英害羞的睫毛，还有你
我暮年的马儿，那夕阳
确实，瞬间就坠落了

再也不会重现。如果我不再接受
崭新的花朵，蓝哈达，和远方的河流
一个哭泣的孩子，看到碧绿的光阴的碎片
一个哭泣的孩子，日夜修复土壤和沙砾
一个哭泣的孩子，终于能准确地辨识出
枫树和苦榆

她想说给你听
所剩无几，快一些握紧
风，和时光，新蕾，翰嘎利湖的夜色
别分辨晨昏，诱饵是否鲜活
所剩无几，小鱼七秒钟的回忆
七种潮汐回落于风平浪静
月亮升起

月亮升起
草原的夏日，所剩无几

# 致哈拉黑

我是在深夜醒来的
午餐和夜宴都散了。举杯的人，斟酒的人
手握着回家路方向的人
都散了

酒里浸泡的小兽，面色苍白如蒜
这是令我呕吐的原因之一
另外还有龟背，蟹壳，鸡爪子
他们要从我的胃口里
夺路而逃
回归流河去
回稻田里去
回日本鬼子来过的村子里去

我带回来的
都是纯净的。橡树，白裙子、红裙子女孩
悬崖菊，戴草帽的姐姐
秋天的稻谷，滴酒未沾的同行者
酒醒之前，我也是一株植物
开出浅黄之花，结出飞翔之籽
有世人皆知的美味

只是，浑身带刺

我现在把一株植物的名字送还给
一个村庄，哈拉黑
历史就这样安排，在侵略者的机场上
开辟
希望的田野
哈拉黑，记住这株植物
也是记住一群长醉不醒的英雄

# 青城记

莜面黏着嘈杂，一直嘈杂
我是昨夜酒后疗伤的人
小店的吃客在我眼前，嚼肉、吸烟、说脏话

以前反驳的话题，都不再反驳
文俊大哥说某人去了天津
二水说某人早就去了天津
我赞美了莜面

兰
如果不算那些患病的叶子
那个下午算是好时光
扇叶盘旋，通风换气
兰圃里的香气被赶出家门后
都遇见了谁呢？人来人往的街巷啊
郑州，人来人往的街巷啊

如果没有兰
如果没有清风吹开顽固的雾霾
如果烤鱼的盘子上缺少零散的藤椒
郑州真的算不上
一座美丽的城

# 故　交

旧地适合见故交
而美仁草原敞开花海让我选择
新欢

藏红花在海拔四千米的高度穿出
短裙；飞燕草的美还是
适宜描写妃子
民女漫山遍野，我摘下哪一朵
都是乡愁满手

还是算了。大夏河流水不止
就是为了带走
故交的零落

# 拉扑楞寺有记

如果我是一只灰鸽子变成的
笨女人。飞进白云背景的灰鸽群里
都有谁？肯定不是红衣僧黄衣喇嘛
还有谁像我这样通过仰望
抵达拉扑楞寺神奇的
檐角

双双跪拜舍利子的人
各自有忘不掉的人
绿度母一言不发，那酥油味的绿衣
真是好看，她脚下的红莲好像都还活着
肉身如池
留下淤泥赎罪
清澈分给众人

# 再次写到油菜花

七月桑曲的油菜花还不开，我也没办法
细雨的愠怒成为冰雹，我也没办法
诺吉一定不在他的庄园
棕黑的牦牛在无花的油菜地里
吃得那么悠闲
而咕咕的芦花鸡，从油菜地里探出脑袋
那眼睛是如此·
六神无主

突然发现，油菜花一朵不开也行
大地的存在，本来就有其他的意义

# 太行退后

黄河向前，去往新郑机场的路
择时拥堵

镜片里有白发，失眠，视线模糊
没有退路
也不能逃

太多的来不及了，路过的樱花已落
春小麦就要成熟

# 石 头

以前见过的石头都不能叫石头
石大沟的石头
才是真的石头

他不想粉身碎骨
也不想让路
尽管流水的性格软硬兼施
淇河，仍然攻打不下
一座一座石头山

方石头一块挨着一块，竟然能
把墙砌得浑圆浑圆
如果你是一块
我是另一块
你告诉我，打动石头的心
是不是需要动用雷电的语言

# 另外一个院子里，芍药花开了

我们在这个院子里说起二十四桥

另外一个院子里，芍药花开了

篱笆那么密实

也没有其他出路

还是阻止不了

花香溜出去

月光溜进来

那些把洗澡水让给我们的山里人

站在石崖之下

挥汗如雨

# 愚公洞

如果再重复一遍
我还是选择放弃

如果没有心上人被阻隔在山外
谁的心会急成
锤子，铁镐，谁的花嫁之年
会在这里修炼飞沙走石？

570 米，这是谁的铁石心肠呢？
如今，空了
爱，走进去
不爱，也走进去
浮皮潦草地重温那半个世纪
那些被铲除的障碍
都倾倒在哪里
岁月，是不是也在那些泥沙里
养育着绿树红花？

# 生如蔓草　我歌唱（组诗）

题记：

野有蔓草，零露溥兮。有美一人，清扬婉兮。邂逅相遇，适我愿兮。

—— 《诗经·郑风·野有蔓草》

## 以草为名

玉树临风低下来，你得以草为名
爱我，并且不提及一切花香
我就从不后悔
把我唯一的草木一秋
都给你

和我站在一起
和我站在一起啜饮风雨
也和我站在一起沐浴阳光

和我一起奔跑
也和我一起歌唱
向往白云生处，日落山岚
月色柠檬照亮头顶的露水

和我一起进入

温柔乡

以草为名，做先秦的良人

不修长城和郑渠，不缝寒衣

孟姜就好好住在葫芦里

以草为名，不冒犯神灵

不亵渎经卷，也不违背自然

和成群的灌木交织在大地上

倘若被写进历史

我和你都有一样动听又干净的名字

我们可以彼此亲切地呼唤

草民，我的草民

## 支 流

黄河的支流愠怒于色

拐过了九曲十八弯，仍在咆哮

长江的支流承载温婉

倒映过秦淮灯桨之后，水声里吴侬软语

我，更想是淇河的支流

随便走个弯路，自己决定，要么

停在麦田之间，要么哼着小调走得更远

我也愿意在梅花脚下结冰
和翩然落梅成为知已
偶尔有雪
来考验淇河心间的暖意

泛舟的，弄潮的
都是我的孩子。我祈求上苍赐给我
成片的芦苇和莲叶
荷花开一朵，我就认下一朵
做女儿
裁红衣，逐个把她们嫁给
骑白马的将军

把我的鱼米，都献给两岸的书生
听他们唱：
关关雎鸠，在河之洲……

只吝惜明媚和清澈
我知道，一条支流绝不可以破坏
母亲的美名

## 水　滴

如果殷商之古不需赞美
如果白马坡硝烟之远不必赞美
我们就书写

散落在旷野间的涌泉成溪的水滴吧

那些一颗挨着一颗的水滴
那些抱团才能生存的水滴
那些必须前进没有回头路的水滴
那些养精蓄锐不忘初心才能抵达大海的
水滴

每一颗水滴都是纯洁的
淇河才是清澈的
每一颗水滴都是晶莹剔透的
淇河才是在中原大地上璀璨夺目的

一颗水滴紧跟着一颗水滴
从古老的石缝中缓缓流淌出
一条大河

一代人追随着一代人
岁月才从旧石器粗粝里打磨出
新时代的壮丽

劈开山仞的洪流里，水滴是雄性的
持刀佩剑，所向披靡
喂养稻谷麦穗的细流中，水滴是母性的
低眉顺眼，无限温情

柔软无骨的水滴抚摸过山石的棱角
把他们摩挲成浅浅河床地下的沙砾
毫无怨言，永不倦怠

只因为，她们是淇河的水滴
起风了，她们有浪花层叠的生动
风停了，她们有蓝珀如磨的平静
甚至喷泉音乐响起来
她们直冲云霄
每一滴水　都张开了
天使的翅膀

## 《诗经》的空白处开满樱花

樱花，是卫国的女子
饮淇水，身姿袅娜
依太行，心如磐石
往朝歌，修成高贵和妖娆

《诗经》，用三十九首的篇幅
记叙六千年前的旧石器；描绘战国的
金戈铁马
狩猎和桑麻，歌唱悠悠淇水之上
鹳鹤齐鸣，两岸悬崖峭壁
给一座古城写下动感的名字

《诗经》，却没有樱花的语言
几千个春天
没有留下一瓣粉白或者粉红
是江山太重？还是春风太轻
那些卫国的女子啊
只写道：
女子有行，远离父母兄弟
……
樱花，就落了

在鹤壁，在春天里赶路的人
谁不曾被樱花落满心头？
在《诗经》的空白处，举案挑灯的夜读者
谁不曾双眼一亮，发现隐身的樱花？
在头顶的林荫里
脚下的红泥里，麦田的沟壑里
淇河前仆后继的浪花里
都有樱花的影子

樱花，是女儿
樱花，是妻子
樱花，更是母亲

不用语言和文字，不用区分隶书和宋体

不用在意气候和季风
更不用追问月亮的阴晴圆缺
时辰一到，樱花就噼里啪啦地开了
樱花开一次，《诗经》就翻动一次
从扉页到封底
浮现樱花的阵距

粉红不想改写白纸黑字
不想删减或者增加任何章节
甚至不想被发现
《诗经》的空白处开满樱花

## 关于竹竿的断想

垂钓，先于秦的不被文字记载的
佚名的沉于淇水的
诗意和哲学

小鱼上岸，封口于饵
历史，是用鳃呼吸的
历史可以沉下去
但不可消亡

我们乏于唤醒之术
这支竹竿，如果不是许穆夫人的
还有谁敢来认领

盘中小鲜，高超的烹饪之术

之后，卫国的竹篙与舟排
在淇水浩渺的烟波里
经过顺流而下，逆流而上
烹小鲜的子民，有一部分
去朝歌，治大国

《淇奥》以竹赞美过卫武公之后
淇竹成为君子
君子，高于栋梁

# 蝴蝶自来与人生的审美境界
## ——《蔓草集》后记

## 香奴

我发表处女作是 17 岁的时候，在当地报纸的副刊上，非常清楚地记得那首诗是《标本》，写了一只被做成标本的黄蝴蝶。我从五六岁之后一直有个幻觉，在田间追赶一只蝴蝶，我知道这来自童年的记忆，在麦地里奔跑，忘记时间，嗓子生出火焰，满身大汗，我用半生的时间都在写这只蝴蝶，都在等她梦醒，徐徐飞过来，回到我的窗前。

除了等待一只蝴蝶，我没有要求诗歌更多地给予，荣誉、名利、诗意的生活其实与诗歌本身并无太多关联，诗歌就应该是轻的，蝴蝶的翅膀不能承受纸醉金迷之重，也载不动灯红酒绿的喧嚣，我一直认为好诗歌和好诗人都是安静的，甚至是寂静的。花开见佛，修得真身，百年孤独中，自有暗香浮动于梦与现实，总有那么一天，蝴蝶自来。

杰克·伦敦说："人应该生活，而不仅仅是生存。"这几十年，于我，诗歌如三餐那么平常。我觉得文字是生活就足够了，不必高于生活。这里讲的生活，是有趣的生活，有审美境界的生活。美学家张世英说："人生有四种境界：欲求境界、求知境界、道德境界、审美境界。审美为最高境界。"我认为审美境界并不是打出旗帜做出标榜，对美的追求和向往，可以小而具体，五六岁的田野上我们跑出去追一只喜欢而不得的蝴蝶，可能就会在青春期写出蝴蝶的《标本》；七八岁小心翼翼地捧着一支奶油冰棍穿过大街小巷，就会记住有一首歌叫作《童年》；为了一个并不很美丽的女孩，把自己生活的城市直接切换成有她来来往往的那个城市，泪眼婆娑地喊着漂洋过海地去看你。

或者轻巧，或者沉重，这些都是美的。我更倾向于自然而然的审美取向，写作也一样，我喜欢信手拈来的笔触，一旦动用绞尽脑汁，写出来的作品一定是难看的嘴脸，而看着有些人把自己圈定在某一个主义里，拼命往一种流派上靠拢，那对于诗歌来讲简直是一种糟蹋，暴殄天物；我喜欢行云流水、水到渠成。

有的人为了诗歌和远方舍弃了安逸和舒适，背井离乡去寻找梦中的橄榄树；有的人为了写诗放弃了工作和家人，在孤独中凝望诗歌的罂粟诱人的颜色；甚至有的人为了热爱诗歌付出了自由和生命。这些，我都做不到！我对诗歌的爱是浅浅的三十余年，在诗歌之路上，我是孤独的践行者，没有背景，没有后台，也没有圈子和帮派，我始终没有机会为诗歌奉献点什么，芳华不曾奉献，白发也将不能奉献，在这场浅爱里，诗歌仅仅是我在人间的仪式感。

我对仪式感的定义，是从容闲适地吃完一碗清汤面。这样庸常的日子，堆积起来，寡淡清静，未尝不是大美的人生。

清水挂面，荷包蛋完整圆润，芫荽沫香葱花一棵翡翠色的小油菜，通常这就是我一个人的晚餐，但是清水挂面必须盛于美器，竹箸端正，瓷勺光洁，有雪白的餐布，橘黄的灯光透过琉璃盏，浅水养着一枝花，菊或粉玫瑰。

一个人的仪式感，还包括把断断续续几十年写过的这些诗歌拿出来出版，《蔓草集》是我的第四本诗集，很荣幸因诗歌的缘由结识叶延滨先生，并请为序。在这篇序里，叶先生对我的诗歌文本多有赞誉之词，我把这些赞誉作为善意的包容和真诚的鼓励收下，并永远和这些作品装订在一起，然后这本诗集收入的文字和文字获得的荣誉就彻底留在我孤独的行程里，像每次卸下一件沉重的行囊，利于轻身前行。

白驹过隙，时间已经是 2020 年了。

最初的诗心或许就是小学作文的结尾处"奔向伟大的 2000 年"，所有的孩子都是诗人，孩子率真而诚实，他愿意相信未来的美好并愿意为未来的不尽美好而忧伤。是的，已经是 2020 年了，我于途中所见还是那么多的荒芜和流沙，那么多的人仍然摆脱不掉贫穷、疾病、天灾人祸，我常常在现实面前审视自己的大半生而溃败感总是经由诗歌呈现，除此之外，都是力不从心之举。那这样，诗歌就成了我的必需品而非奢侈品。

必需品是空气、阳光、水源和食物、诗歌。我的大半生为了这些必需品，一直奔波辗转，1990 年的北京，2002 年的多伦多，2004 年的天津，2015 年的珠海，做过企业的高管，创办过中外合资企业，做过全职煮妇，与此同时我一直是一个诗歌写作者和阅读者。至于后来的绘画和设计珠宝，似乎也仅仅是诗歌美学的一种或多种外延，我想历练自己的目的仅仅是想让自己从审美的角度去阅读和写作诗歌，而不是随波逐流于各种派别，不让自己过早成为"美盲"。没有是非观、不辨美丑的生命如蜉蝣，而太多的诗人正因为没有恰当的审美能力，生活剥露出最务实、最粗俗的一面，越来越追求实用化的背后，生活越来越无趣、越来越枯萎，那样的生活和诗歌，我无法认同，正如木心说："没有审美力是绝症，知识也解救不了。"

我最欣赏的古人，是苏轼。他说："惟江上之清风，与山间之明月，耳得之而为声，目遇之而成色，取之无禁，用之不竭，是造物者之无尽藏也，而吾与子之所共适。"

以此结束此记，并谢亲爱的读者！

香　奴

**2020 年 1 月 18 日**